海角相思雨

阿盛 著

【集序】新世代讀阿盛

接地氣又有煙火氣

（依姓氏筆畫排列）

兼揉雅俗，雍容大度／王盛弘

阿盛以散文享譽文壇，作品聚焦於人性、人情、人生，兼揉雅俗，雍容出入新舊時代，見證台灣農工商社會轉型的紛呈萬象，同時致力於文字藝術的鍛鍊，四十年來迭有突破、屢創新境，創造出風格完備、成熟的「阿盛散文」。創作之外，近二十年阿盛更以私淑形式戮力於文學薪傳，於閱讀風氣的推廣、文學新手的提攜，頗有建樹。

床前明月光／石芳瑜

阿盛老師的文章向來能化俗為雅，一如浮世繪，市井小事無一不可入筆。他冷眼看盡人世，可是下筆溫潤細緻。星垂平野闊，月湧大江流，阿盛老師之筆便如那星月，靜靜地採照著世間大地、河流山川。

他講典故亦不賣弄，卻頭頭是道。比如〈桃花過渡〉寫酒家女，篇名本就是一首車鼓調的老民謠，阿盛老師是說書人，語言轉換流利，字字到位，一段段唱給讀者聽。說酒家叫「菜店」，說什麼是「鴨頭」？菜店風景一如江水，讀者便跟著一起過渡。

書中多篇以景喻情，寫海邊、寫淡水，有時春江花月夜，有時幾度夕陽紅。或寫黃昏的故鄉，寄託自己的思鄉之情。大概只有寫賭博，我不懂不懂，但引申至創作，卻也略懂略懂。至於不懂的事，買本書讀就是了。

撒豆成兵，自得況味／石曉楓

阿盛老師窮半生精力，練一身文字功夫，他的「流年不是暗中偷換，是公然盜劫來了」，他的紙上言語又何嘗不是？書生文氣、鄉里俗言在其筆下都被「公然盜劫來了」，然而這盜劫卻又教人心服口服。他布局穩妥、成竹在胸；他玩節奏、玩韻腳、玩音響感，還玩短長句式，諸如「漁村總是緊貼著天之涯，小，寂寥，草尖搖，風到處跑，沒見幾隻鳥，魚乾吊掛不少，門壁油漆起皺了，樹葉總有些黃褐焦，雞鴨遠近高低聲啼叫，入耳盡是洪洪洪的海潮，安安靜靜被遺忘在地之角」之類文字，在撒豆成兵之餘，還帶了點自得的遊戲況味。

阿盛老師始終堅持寫作的「三人主義」原則，但凡變樣的人生、走調的人情、不改的人性，都以說書語調娓娓道來，接地氣又大有煙火氣。他的散文將時代風雲與個人生活史細密交織，點染間立見台灣庶民的真實生活，近年來文氣且愈發疏宕、筆調且愈發幽默，然詼諧中卻每每引人淚光閃閃，「人」的文學究係如何？況味盡在其間。

展現文字的溫柔／吳嫆翎

阿盛老師不只用書寫記錄了時代，更讓許多文青得以實現文學夢，讓文字得以成為生活的一部分，是老師讓我們相信，只要持續寫下去，就能到達要去的彼方。讀此書的書稿，有許多的共鳴，像是大學讀東吳中文系，甚至到《中國時報》當記者，讀著總有身為晚輩去窺探前輩世代的驚喜，尤以當老師談起那個年代的薪資、房價，所有的物價都在起飛，這些年，唯有文字樸實的不漲價。

「一個浮動抖動顫動躍動翻動滾動躁動的年代」，因為私淑班得以沉澱在都市裡的躁動，靜心聆聽文學，有了提筆書寫自己的勇氣，也療癒了在城市裡浮動的靈魂。

上帝忘了送他一份禮物／林育靖

醫學院時，精神科老師說過：「遺忘，是上帝給人最美好的禮物。」幾年後，在將就居的寫作私淑班講堂上聽見阿盛老師說：「記憶力好的人比較痛苦，」他指著自己腦袋：「忘不掉。」

我與阿盛老師的家鄉很近，都是嘉南平原那片豐饒沃土上的居民；我與老師的時代已有些差距，屬於老師口中那群「太年輕也是可憐」的晚輩，沒見過「大火燒向天燒向雲」整排鳳凰花簡直不要命開著，但我兒時畢業季作文範本仍充斥著鳳凰花開，如今校園難得見到鳳凰樹，縱使有，往往也在寒暖錯亂中開得不乾不脆。曾經滄海難為水，除卻巫山不是雲，滄海與巫山都是上個世紀的事了，想來新世代的孩子們指水道雲都不困難，可憐卻不知自憐，這也是上天恩賜。

上帝好像沒有送給阿盛老師一份「遺忘」的禮物，老師卻不抱怨，愉悅自如地將記憶鍛轉為文字，那應該是他送給後輩讀者最好的禮物。

窺見過去的悲喜風華／張郅忻

阿盛老師的文章，語句如說書人活靈活現，融合古語掌故，從尋常百姓故事，呈現舊時至今昔的變遷。自細微處窺見一時代，如寫尋常人家的前庭後院〈昨日滿庭芳〉，細描庭院景觀、植樹禁忌，眷村庭院中各家各戶來自大江南北，語言「半懂半不懂」，因花樹而有共通話題彼此通融。阿盛老師尤擅長捕捉底層人物的形貌，如寫行乞者浮游人生的〈行乞謠〉，細數從清末、日本時代到民國不同乞者的身世與面貌，更帶出不同年代淪為乞者的無奈，讓我輩後生從阿盛老師筆下，得以窺見過去的悲喜風華。

總有一個漂亮的回身／陳栢青

字是風削海蝕，很奇崛，句子一句往一句疊，骨感得很嶙峋，世事要看得多透才能近得這麼逼人，卻總有一個漂亮的回身，潮退天寬，到底給我們留些餘地，更留餘韻。很難超越，卻又宜於遠眺，《海角相思雨》也就是一座崖了，抵海角便知總有天涯，這世界那麼小，人情世故，貪嗔愛恨，天方地闊都收攬在他一篇文章裡，又那麼大，被他老人家一寫，沒個盡頭。

深意隱於無名之間／盛浩偉

牧歌般的場景，靜靜流動的時間，而傳奇故事潛於其中——阿盛近年散文有如入三昧之境，輕輕幾筆，任意掇拾，就能化俗為雅，鑄文言於白話，古今一體，融成百姓風景畫。那是歲月堆疊的厚度，經驗拓展的寬廣，方能令海潮落日、庭花路樹、頑童與老人、秀才文青與妓女乞丐，種種世間繁盛萬象，平等居於《海角相思雨》中。文章其實都是生活，皆有悠遠閒趣，乍見清淺素描，愈嚼愈如得醍醐，正是大味至淡，大巧若拙，大道至簡，此中有深意，僅隱於無名之間。文若其人，人若其文，不，應是文即其人，人即其文。這是散文至頂的境界了。

看蒼山綿延　聽波濤洶湧／黃春美

一枝筆，廣角運鏡，從清朝掃到現今，從這人這事掃到那人那事，掌鏡者化身小童、頑童、少年、老年人、老寫字人。筆下白話文言交用，大鎔爐煉出來的文字，很協調。筆走遊龍，收放自如，並且起了美學兼幽默之效，〈昨日滿庭芳〉的「少年只認識幾個字，大人認識的字只幾個」十七個字，教人暈了一下，然後哈哈哈。

阿盛老師的生活簡單，看海讀書寫字散步放風箏，可文章裡閃現的人生閱歷卻無比豐富，想必閒來走逛，看賣香腸的小販停駐，烤根香腸攀談，〈賭博志〉於焉拉出線頭，然後是形形色色賭場列傳。〈桃花過渡〉則是昔日歡場故事，寫足了各種角色，酒女、牽猴仔、鴨頭、尋歡者等等，筆下通透人情人性，亦見理解及悲憫。還有，消失的行業——行乞，乞者故事之一之二之三，如月琴撥彈老曲調，韻味悠長。

《海角相思雨》內容壯闊若人海，細細讀，讀出聲（你知道何時必要），猶如看蒼山綿延又綿延，聽波濤洶湧更洶湧。

補角的說書人／廖淑華

老師說過他「喜歡山，但比較親近海」，我是相信的，至於仁者智者之說，老師說了算。在文章講海，上課也講，每聽他說夜半呼朋驅車訪海，我一回想著有朋如斯叩之即至，多好；一回又想著自己也曾經夜裡看海，然而就是沒有如老師的慧根，聽不懂「海說得出無聲的千言萬語，海聽得懂有意的千言萬語」；說到底，老師還是智者。

來去將就居學習的那幾年，走路特別輕快，心頭的千絲萬縷有手中的一枝筆幫忙擔著，人生如此已覺滿足，即使老師常為我等嘆：「沒看過火燒天一般的鳳凰花開，人生缺了一角」；錯過美好年代、缺了好幾角的，如我，未曾遺憾，去老師的文章挖來補了便是。

新新新的老文青／蔡文騫

老先生不老，將就居不將就，老的是人情，將就的是人性，世界越來越新，只有人是舊的較好，文章是老先生的最好。

老先生筆下寫老祖太三四佚事，碩人網上寫老父老師的一二神情，新營舊夢在，台北暮色紅，一百年的時間、三百里的距離，在文字裡都可並置、流轉、精煉縮短、再現延長，悠悠展開，重新工筆為一幅浮世繪，眾生眾物，不逃法眼，不離老先生通透的天理人情。

老先生知道，時間是駭浪，時間是暴雨，竭力沖刷一切，但時間也打磨了灘頭的玉石，雨末的青空，讓願意低頭尋找、抬頭仰望的人，不整天滑手機的人，像老先生這樣的人，俯拾綴補成五彩文章。

夜燕掛燈，海角掛雨，老先生永遠掛思人人時時地地，燈在人在，雨還事還，一代代文青在老師的廳裡，聽書說書，終於又盼來老先生的一本新書，只要還有故事，老文青永遠是新新新的。

隱形攝影機／鄭麗卿

閱讀阿盛老師近期的文章，總像有一部攝影機，全景式描寫舊時人家的前庭後院，一年四季的觀海，寫故鄉和淡水，寫乞者寫燕子，寫鴨頭酒女也寫時下的文青，上下幾十上百年，寫到淚光閃閃，連寫賭博也能牽扯到寫作，就像放風箏既能翱翔千里，又收束於一線。這一篇又一篇人情義理流轉的戲劇，老大人講的老故事，一點也不老，天天還在我們眼前搬演呢。

猶記得不多久之前，老師在新聞台和同學們玩放風箏打電報的遊戲，時刻鞭策大家放心下筆大是好。近來老師總說自己已經老得只剩一大把慈祥了，但筆鋒穩健又腳程飛快，後生已難望其項背矣。

可是，等等，那個兩眼骨碌碌聽講古的鄉村小童，放風吹的少年，觀海的中年人，路邊打香腸的老寫字人，咦，那身影看著眼熟，敢是……？

天涯舊夢時／賴鈺婷

閱讀阿盛老師新作《海角相思雨》，光陰迷離，歲月匆忽，字裡行間搖晃著時間感，逸出的時空，匡噹匡噹似慢而快的節奏，像是要帶人前往某個遠方。然而，遠方不遠，它是黃昏的故鄉，亦是昨日滿庭芳，是海角相思雨，亦是淡水暮色紅。是牽牽絆絆，勾連著昨日他鄉憶故土的情懷，亦是瀟灑回望半生緣會的文青都馬調。

故事串著故事，人物搬演著尋常悲歡。離鄉人在新居地唱的老歌曲，摻著歲月撲面的風霜，音色滄桑而透明。像是為了銘記更多，在無可如何的逝去間，緊緊抓住一只風箏，記憶的長線迢迢漫漫，往天涯舊夢處飛奔。

古語、俗語、文言兼及新世代流行語……，敘述的腔調時而詼諧俏皮，時而樸拙莊重。有姿態，有面貌，蹁躚變化，那是獨樹一幟的阿盛體。而《海角相思雨》正是這般說書人身姿腔調，百變玲瓏的幻演之至。

時間的聲紋／薛好薰

幼時住海邊，童騃歲月大半在沙灘上戲耍度過；成年之後又學潛水，優游湛藍的大海；加上搭飛機時，從雲端上俯瞰廣袤的海洋上，有點點貨輪孤子地在船後拖了一道細瑣白線……等等，自覺觀海的角度已經無所不到。而阿盛老師一篇〈海角相思雨〉卻提醒我：看海豈止限於潮來汐往，更有海上各季節風雲、光影、濤聲、湧浪、漁燈、磯釣海釣、漁村漫步和漁人聊天……，更重要的是，世上有哪一面鏡子比海更大更魔幻？可以映照出到它面前的每一個人的生命片段與真性。

老師的文章總讓我看到更多世務與人情，從〈昨日滿庭芳〉看不同時代的庶民栽花培樹，娓娓道來的是花果樹，引出的是溫煦人情；〈黃昏的故鄉〉一文中數則老人敘說鄉野之事，寄寓可驚可嘆的人情；〈淡水暮色紅〉寫淡水線停駛直至世紀末的台灣風起雲湧地震，暮色的紅豔詭麗映照的是奇譎而難以逆料的局勢，以及健忘的人心……。當人們「把時間當成記憶的黑板擦」，老師的故事，像一顆大海螺，側耳聆賞，會有時間的聲紋在耳際不斷迴盪。

目錄

【輯一】

昨日滿庭芳

人家人家，
總是得人像個人家像個家。
正是正是，
和樂生吉祥，門庭濟芬芳。

昨日滿庭芳

這麼說好了，庭院庭院，總是得有前庭後院，那才像個人家。尋常百姓人家，多半不喜歡打開廳門就跨入大小路，一來廳裡排排坐著歷代祖先，不宜讓外人經過時驚擾他們；二來考量的是居所安全。至於屋後，空出一塊地方，養雞養鴨養豬勿用再圍圈，兼且與鄰戶保持適當距離，彼此足夠空間迴旋，隔籬相呼時又可以馬上面對面，方便。

房屋概皆簡而不陋，木造竹造土造磚造的平房，十有其九。紅毛土建築鮮見，小鄉小鎮，殖民者留下來一些些，高不過兩層，女兒牆用水磨細石做出藤蔓之類圖形，若非衙門即是商店。商店當然期望客多，特設了騎樓供人行走，通常還是有後院，前庭則已無法有。

一般住家，極貧寒者固不用論，堪堪棲身，其餘不能多求；但基本上像模像樣，只或紅瓦白牆有幾處破落，收拾收拾也會齊整潔清。齊整潔清很被看重，小半關乎衛生，大半關乎臉皮。非極貧寒者，庭院相異唯寬窄，天經地義的都有。地不值錢，屋不值錢，最值錢的是田。烽火後重新起步的年代，農作物牽連了許多行業的命脈。而地皮房屋，住過數代人了，誰去想到要買賣呢？何況幾乎家家原本就不缺。

所以，畫界不很明確。短竹插成一排一排，既分出你我亦別出內外。籬內緣邊種花植樹，七里香、木槿、桂花、茉莉花之屬，以灌木為主。那有好處的，高度概約一人身長，枝葉緊密相接，翻越或鑽隙盡不容易；每逢花開，自家庭院裡飄香，行人亦能沾香；自家摘幾朵或行人折幾枝，一律不妨。種花而不出牆，太過嚴肅，美事而不與人分享，多沒意思。

更好意思的人家，竹籬也不必了，以花樹當牆。有閒情的，還間雜種上稀見的曇花。曇花結苞初始，人人看到，主鄰客一起算計何時全開，精準推敲後，屆時鄰客都像主，搬來椅凳，坐在花下等待，聊著聊著，花承月光緩緩張擴，人人讚歎數番，心滿意足道別。這類情事，照例要被談論許多天；務工務農務什麼都相同，都真心愛花。

愛花樹是足以成癖的。小鄉鎮的好業人，不外繼承祖產者、經商致富者、行醫為官者……概皆有花樹癖。庭院內牆四邊，盆栽層層疊之，等閒叫不全樹名花名。花樹占了大部分空間，小通道三彎四旋；初入眼，擺設俗傖得很。俗傖，慣習反切省音，音如聳。復細觀，俗傖到底反而雅了起來。老松古柏縮於數尺盆中，虬根勁枝，生機勃發，老幹發新葉，鶴髮卻童顏。主人穿梭花樹間，小通道僅容一人，客亦行亦停，唯恐撞翻盆架，久而好整以暇，這才明白何謂天地歲月方寸間。烹茶，主客對飲花叢中，牆外無市聲，牆內無譁喧，紅白黃綠紫覆蓋頭臉，人似仙。

富過數代，乃知花樹可愛。普通人家不這般講究的，但理解那講究果然好。販夫走卒，氓之蚩蚩，路過花樹癖人家，牆頭越出紫綠黃白紅，佇足撫之，倚牆坐看，神色安靜明朗。浣衣買菜婦人路過，抬目相中低垂枝，毫不猶豫拉扯，放籃內。卻頑童惹嫌，攀牆窺伺，疾呼驚犬，主人再是好性地也耐心不住，揮之不去，頑童猶粗魯拍枝打花。此時，主人之傭大喝，持帚奔至，頑童跌下撞牆焉。

磚牆比較呆板，看上去拒人於外，而且耗銀錢；另外不好的有一點，容易被徵用以做標語看板。鄉鎮公所或村里辦公室或什麼機關單位來了人，官腔官調地對主人說三兩句話，不多時，磚牆表面塗上米篩似的白圓圈，圓圈內寫字，寫的無非反共抗俄、消滅朱毛、打倒萬惡的共匪……等等。主人看著搖頭無語。愛說笑的鄰或客如正經如詼諧：某某，爾做共匪乎？主人如在意如放棄：乃父還兼做土匪哩。然後相視一笑，揮手各去。主人的老祖母或老母親立於牆旁，字看不懂，話聽懂了，輕輕嘆氣：夭壽骨頭也，好天大日頭，看到鬼，厭氣矣。

其實也只是小小受氣。頑童會有辦法替主人平反，牛糞泥土抹抹刷刷，標語頓時改樣：丁到禺心白八非。有人追究嗎？無，警察不管的，想管也無從查起。穿卡其布中山裝的縣黨部人員見此乾瞪眼，不多時派人沖洗，那家主人再度做了萬惡的共匪。不願當匪亦可。牆邊多培菜瓜葡萄之類，藤蔓竄延，數月後即掩蓋住字跡，結出果實，由人任取，主人無怨無悔，不睬不理。

籬內牆內要過日子，過日子須諸事打理，行有餘力則養趣。庭院中，前人遺下的樹，鬱鬱蒼蒼，亭亭如蓋，得便修枝剪葉，曬乾了移置灶間，省費。茄苳火樹芒果樹蓮霧樹番石榴榕樹玉蘭月桃薔薇玫瑰含笑鳳仙圓仔花……參差錯落。番石榴花開花謝，結果掉滿地，蓮霧花開花謝，結果掉滿地；少年結伴來，主人微微頷首，揀拾勿客氣。玉蘭花是婦人所喜，不賣的，誰要誰來採。鄉裡鎮裡，住家變動小，幾十百年相處，誰拿花去做生理？

榕樹該留意，都說有禁忌。向日葵是另一型禁忌，無人敢於觸及。傳言是多少有道理。榕樹的枝枒橫伸，風吹便搖鬚根，夜暗無燈照，看上去頗驚心的。老人講古，早先，婦人受枉曲，想不開動輒上吊，總選擇榕樹。榕樹實在最適合上吊，橫枝平直粗大，離地面近，踏椅掛繩極方便。因此，庭院植榕，必鋸低枝，餘枝甚高，要上吊得藉助竹梯木梯，掛繩套頭後若踢不倒梯，死不成的；尋死而麻煩若是，乾脆活下來算了。好得佳哉。

火樹沒這個麻煩。火樹就是鳳凰樹，那樹的枝枒與主幹成銳角，掛索難固定，上吊者若擇此樹，很可能滑身撞主幹，撞主幹很痛的，人都怕痛。

鳳凰樹若開花，教人心痛。樹皆日領時期所種，高過平房屋頂數十尺，總在五月吐苞，在六月七月八月放火燒。遠遠望去，天是藍的，雲是白的，大火燒向天燒向雲，比太陽更烈性，更壞脾氣。倚其樹下，則無法形容的蔭涼，花瓣隨時掉於身上，花不香，心裡香。農夫工匠躲日，偷閒學少年，樹底睡午覺，醒來伸臂拍衣，牽牛提工具離開，髮間一兩片紅英，不可笑，很美。

庭院內的鳳凰樹，美也外顯，同於樹籬；不同的是鳳凰樹花多葉多，鋪滿庭院時怎麼辦？不怎麼辦，原本自自然然。正如榕樹茄苳樹上掛滿鳥巢，黃昏時千鳥歸返，啼叫聒噪，人們不嫌太吵，鳥原本應該啼叫，自自然然。

然而，庭院不種桃。何以？庶民的認知，桃子好吃，桃花招癡。家裡有桃花，男人會有桃花運，這還得了。婦人寧可擔菜賣蔥，不甘與人公家一個翁，理甚易明，天下一半人同此心。迷信嗎？似是似不是。婦人也許敢於詬罵殃及諸天神佛都震動，桃花信念是堅若磐石的。男人好膽試試看，牽手吞了鐵丸硬了心，說未定拚一場，執子之手，與汝偕亡。

有例外。舊朝大地主之家，大宅一進復一進，庭院深深深如海，屋包樹，樹包屋，籬牆如尋常門戶，樹則桃李杏梅隨意。大地主祖先概皆有科舉功名，秀才舉人，一鄉一鎮總會出脫幾個。可是，上百門窗無人開，頂多住幾人。原因？日本政府整頓了一次，中國政府再整頓了一次，田散去，子孫散去。少年自由出入大宅，採花摘果，戲於蓮池東，戲於蓮池西，戲於假山南，戲於假山北。大人飯後話當年，細數大地主甲有一妻四妾、大地主乙有一妻六妾……咦，都歸結彼等愛種桃花。少年疑惑：

皇宮內種了幾百叢桃花？大人隱隱地笑：皇帝都是桃花神也。

皇宮不見得比百姓庭院好，百姓庭院較自在。獨門獨戶人家，所有器物花草，在庭院裡都有位置，隨心所欲，逾矩亦無妨。聚居共院人家，泰半戚親，有同灶同食，有分炊分桌；這戶那戶的用具各得其所，以不礙人為原則，乍看有些亂，實際有條理。院庭共用，花樹共有，果實共派。舉火時，這戶向那戶借鹽借油，那戶向這戶借蒜借韭，經常事。但，借何物不準定還何物，有無互通，時機甚多；都要計較一清二楚，便如爭執誰人聞到花香為多，做人何至於這款囉嗦？

借錢還債，這可不能推拖。人親情，錢性命，欲久長，無輸贏。還不起究實沒關係，代工。逢年節，戶戶要蒸糕粿、包粽子、捲潤餅……，欠債者代人推石磨、洗竹葉、炒蝦米……不足，乃代洗衣服代運重物。石磨架於院庭角邊，何戶擁有則未審，老老人含含糊糊：假若是乃公學會行路就見到耶。於是誰也弄不明白了。水井也是，公廳也是。大樹呢？何代人種的，根本沒人能說穩。人活過百歲希罕，樹活過百年平常。但，吃果子要拜樹頭，少年一定會被如此教導，意思簡單，有情有義要緊。少年聽著聽著，家常語一絲一絲滲入腦中，比學校裡教的大道理更深透。

大道理不會在院庭間講論。少年只認識幾個字，大人認識字的只幾個。忠孝仁愛信義和平、禮義廉恥、智仁勇……學校教室壁上貼得平平正正；受過日本教育的大人，多少識得漢字，看了微哂：這是教做聖人兮。院庭聚會，便從聖人談起，談到孔子公不敢收人隔夜帖，談到孔子公也曾窮到鬼要抓去，談到敬字惜紙，談到漢學堂老師，談到公學校日本先生，談到反日的余清芳，談到親日的辜顯榮，談到噍吧哖事件，談到二二八事件，談到……。少年坐望繁星，記住這記住那，眼皮浸重，繁星一顆顆滴落滴落，花香樹香陣陣，語聲漸小，清芳漸濃，甜甜恬恬入了夢。

花香樹香按季節更迭，整鄉整鎮沒差別。殖民者昔時居住的黑瓦板壁房屋，戰後充做公教宿舍；同樣前庭後院空闊，同樣栽花培樹。日式宿舍與台式民宅格局大異，木柱木樑木壁面木地板，地板高出地面一尺左右，防潮，卻便利老鼠家蚤胡蠐虻仔等等藏身。一戶挨一戶，排列若隊伍，大門同向對馬路，應是為了畫一美觀。花樹近乎統一，籬有木條竹編，前庭小，後院大。馬路兩側植大王椰，若隊伍排列，那真好看。宿舍人家收入較豐，多有養蘭者；蘭花清氣相，唯難得聞香。宿舍每有花開，整條路一種香，走一來回，身上就沾那種香，自己不覺得，他人嗅了便道：某某，自糖廠宿舍轉來是否？

軍公教業者部分另住新建群體房屋，名為眷村。眷村房屋比日式宿舍小，亦整齊，縱列並比，猶日式宿舍，各戶大門對大門；前庭雖狹，喜種花樹的也不乏。相對兩縱列之間是小巷，花枝探出巷中，人伸手即可把玩。若三兩家種夜來香，巷中各戶晚餐過後全會知曉那花正在盛放。夜來香味厚，從眷村磚牆外經過，香味似在面前巷頭，實則遠在五十尺外的巷尾。住戶皆由大陸來，或河之東河之西，或江之南江之北；甫到鄉鎮安身，聚談不免及於故家。少年進入眷村，聽人說話，半懂半不懂；但談起花樹特性，稍稍比手畫腳，彼此融通。

通例，鄉鎮人家種花樹，彼方移來，此方移去，無所謂買賣。生活艱難，用錢買花樹，老人要罵的。誰到誰家做客，見了鳳仙花夠多，開口討幾株，主不以為失禮；主客互易，開口討幾株茉莉，那也合情合理。當做籬牆的花樹不能要求就是。人可以一輩子沒摸過冊，不可以違禮悖理。人家庭院的果子，現場吃又帶一些走，說得過去；硬要挖取果樹，土匪才那樣蠻氣。比方，聚落共院五、六戶，水井吊桶破了、吊繩斷了、轉輪壞了，五、六戶商量，有的出錢買新桶新繩，有的負責出力修理。又比方，共用庭院中的花樹掉枝落葉，有時這戶清掃，有時那戶掃清，勿必勿固，用不著明約值期。

少年定期到學校學習寫字算術，隨時在庭院學習真實生意生趣。人生有百趣，人生有意義。大人身教言教，少年總能默化。祭神，番石榴番茄之類不能端去供桌，木槿圓仔花不能插在頭上，進別人家庭院不能爬樹，進別人家大廳不能踏踐戶定……敬神也敬人，人生一世，受眾人恩，食百家米，好子孫不嫌祖先貧，好志氣不怨天偏心……。祖先早已成仙，正正平平坐在那裡，隨時與親人面對面，他們看著舊庭院，看著新後代，都存在都平安，他們才滿意才保庇。這樣講好了，人家人家，總是得人像個人家像個家。正是正是，和樂生吉祥，門庭濟芬芳。

——刊載於二〇〇九年四月二十一日《自由時報》

荒井之月

小孩很少不好奇的。陪老人在井邊乘涼，聽故事，也看也玩也問：古井真正老嗎？其實，無一定古老的井才叫做古井。老阿媽答。喔，誰人起先將井號名為古井？古早古早就焉爾稱呼了。喔，什麼時候算古早？明朝清朝攏總算古早。喔，還有更較古早的否？有啊，姜子牙的時代尚古早。姜子牙以前的人呢？這喔，過頭古早，毋知。阿媽，爾也有毋知的載志喔？有啊，人吃古井水，活未過古井的年歲，無可能逐項知。

井有井神，小孩學會走路時就知道。須舉香拜嗎？不，心知肚明就行。神長駐古井最底處，很厭惡髒物，很厭惡窺視，很厭惡被丟石頭，很厭惡懶惰的人，很厭惡粗魯的人，很厭惡油鹽……。老阿媽不厭煩，叮嚀每一個孫。老歲人迷信，沒錯，但不至於信得這麼符合生活實際，此乃典型的神道設教，導引小孩深植衛生安全禮節的觀念。三歲教會曉，到老還記牢，俗諺深藏智慧。

通識常智，黃昏之後，婦人不於屋外梳洗頭髮。一來，沒有日光無法曬乾；二來，鄉村燈少，長髮披散會嚇到人。普通人家不設浴間。夏天，小孩概皆習慣以井水沖身，肥皂能省則省；冬天，能不洗就不洗，省材薪省力氣。

老婦人們梳洗頭髮，一半堪稱壯麗，一半堪稱悲悽。悲悽乃因歲月無情，拔去縷縷青絲，徒留稀疏白線，幾無下篦之處，可嘆；壯麗乃因上天有濟，保其原色猶多，准許茂密依舊，黑緞整疋垂掛至腰，順篦復順篦，可讚。但無論壯麗悲悽，盡必力求結束整齊美觀，水盆為鏡，髻上鬢邊插一朵玉蘭花茉莉花，起身款款慢行，離家門數十步，即提嗓呼媳婦：準備熱灶未？番薯簽刣好未？雞仔趕轉來未？衫褲收好未？

做媳婦的對待婆婆，真心誠服少、虛應忍耐多。滌衣清物，圍井蹲踞，竊竊談，低低聲，怨氣像皂泡，不停的冒。嘜，一日到晚叫叫叫，起床叫到落眠，暗頭叫到天光，叫來叫去，廿四點鐘一直叫。嘜，嫌鼎鍋無刮平，嫌灶腳無清氣，嫌客廳椅桌無排正，嫌米飯羼石粒，無什麼嫌未到。嘜，一個錢打十二結，銀票揑牢牢，菜若漲價，一角毋願添，看錢若性命。嘜，第三的嫁妝厚，見著笑微微，第二的時常孝敬好吃食，見著笑哈哈，見著母舅，殺雞買米酒，見著親家，眼睛大小粒。嚄，後生當做寶，新婦當做草，生諸甫孫，搖啊搖，惜啊惜，尿布準備一大堆，生諸婦孫，嘴講也好也好，好伊的碗糕，尿布隨便撿來用。嚄……。此嚄彼嚄，消除難過，音量漸放寬，井口相唱和。此際也，任何一個婆婆踱來，立刻全體默契轉話：啊呀，枸杞叔有放風聲，伊第五的欲娶新婦，爾等替伊找對象，敢好？

凡有井水處，皆能成好事。蔡家老四娶邱家次女、彭家七女嫁廖家長子，甚至嘉義張家獨生女招贅新營許家十一哥，都可能就是在汲水聲中促成的。公論既成，推給最強腳最好嘴的老婆婆做媒人。老婆婆知道兩家底細嗎？這有如颳風下雨，當然道理，老人除了督課媳婦罵孫女之外，沒事，雖小腳行緩，天天緩行四方飲百家水，飲水佐以閒話，連何人何時何地拾獲一張五元紙幣都曉得。再又，做媒人根本不須凡事實話實說，實說反而人家不相信。總之，一馬一鞍，一夫一妻，誰配誰同樣生男生女，若日後幸福美滿，理該媒人多少居功，若來年鬧吵反目，那是自家注定命中。

媒人成功了，喜宴開，聚落公用的大井旁，辦桌。總鋪司占據緊靠古井的空地，取水便利。瓜果洗淨，裝入竹籃，繫繩放下，井水涼，好過冰鎮；豬肉魚蝦之類，井水貯鋁桶，蕉葉荷葉包住浸泡，不擔心天熱腐敗。臨時大灶煮湯炊飯烹鴨炒菜，一律井水，汲取過程中定禁污染。散筵，廚子司助手清洗碗盤箸匙，稻草沾灶灰，淋井水，直捷。幾代老規，總鋪司最後一道命令是，將古井四周徹底清理乾淨。沒有一個總鋪司會忘記這重要事，真有的話，將來別想接該地頭的任何宴。

井水污染或變質，究竟難免。老人們有經驗，一口井，用了三四代，作廢，屬於正常，理由，天變或人為。人為，簡單易理解，天變，例如地震，雜質滲入地下水，嚴重些，水流堵塞，井乃枯焉。

枯井，填充土石，還原平地，廢井，改用途灌溉，另鑿新井。鑿井師傅泰半繼承父祖之業，歷代私授，自有一套相地勢察土質尋水源的祕訣，祕訣是奉老撫幼的生計根本，不對外人解說，包括雇主。老師傅空手到處踏勘，默默踏步，孜孜勘測，確認後，與地頭頭人商量，同意，開始打鑿。鑿井與挖礦一樣，鑽進地腹內掏飯吃，賺的是搏命錢，施工時，閒雜人等勿得靠近，危險，尤其害怕崩塌。師傅因土崩壁塌而罹禍，偶或有，一日發生，停止續鑿。老人們提及這種意外，眉間凹紋扭亂，拍胸摸心：以前啊，欠水、崩井，可能導致敗庄遷村，因為太不祥，地頭不潔。

一代復一代的傳說，婦女的裹腳布月經布不潔，拿到井邊洗算特大忌諱。達情的年輕人認為沒道理：天生自然，焉爾禁忌伊等，噫，生做諸婦三分衰呢。老阿媽耳聞，像是突然聽到外國人講外國話，斟酌許久，支吾答腔：少年人，加吃一碗飯，減講一句話。

話若認真說，生為婦女，不得已，嫁到農家更壞命。犁田種作養豬飼鵝扛柴擔水割稻沃菜洗衫補褲、服侍公婆丈夫，還有，兒女排隊接龍來，小名記得住，學名記不清，操心老大做工太勞累，煩惱老四考初中，考慮老六換書包，計算老七上國校，還有還有，屘仔愛跑跳，四界走，萬一顧不周全，摔破皮摔斷骨，或者被魍神掠去，或者爬上古井壁，如何是好？

鄉約，幼童奔竄井側、攀附井緣，任何人都有責任立即制止拖開，輕打重罵隨意。但，悲欣輪迴不已，世間就是這樣，百算千算，慘劇還是上演。做父母的總共只有兩雙手，兒女們的腳合起來或許二十隻，偶然忙不過來，稍微疏忽，其中一雙細小腿伸直了，井裡撈上來，肚子膨脹如球，握拳張口。哭啊，雙親在井邊呼號咒詛，詬天詈地誚孩子，旁人也不用勸什麼話，再怎麼說，無非死生有命云云。很快的，井封閉，依照古老俗例。同樣依老例，另鑿新井，醵金，喪家除外，那是仁心體諒，純粹古風。

純用以灌溉的井，不這般講究忌諱，有人失足抑存心淹死，井主燒冥鈔並拜禱，懇求別找替身，取得錢，趕緊買路去投胎。之後，井水如常汲用，因為稻菜仍要吃水，稻菜吃了水，才得長大給人吃。一般，厭世者總會選擇灌溉井，那算是另類體諒，否則，跳入飲用井，結果相同，可見多少有義，彼既有義，當應禮祭，合亡者之情，合生者之理，正氣。

鎮街上說書講古的人，音正且氣長，一篇故事，分段分日開講，一段一小時餘，間隔二十分鐘收一次錢。聽眾十中七八個不認得字，另外兩三個，大部分的字不認得伊，低年級小學生。講書人但說林投姐報冤故事，總會特別再三提醒聽眾：吊脰真痛苦喔，萬萬莫使得學樣呢。這是好意，讀書人幾千百年來的積習，教訓兼教育。偶爾好滑稽的聽眾插科：那麼，跳古井會痛苦否？講古人只好打諢：無彼個閒工啦，無跳過，趁錢糴米都來不及了，吃飽無事去跳井？

投井上吊其實常見，婦女尤然，原因？正反皆緣由，反正想不開。千古艱難唯一死，上吊倒是很容易，如果嫌麻煩，椅凳木梯都可以省去，隨便一條繩索布巾，說走便走。掛樹上吊，那棵樹砍倒，樹過粗大則至少鋸斷懸索之枝，烏頭司公念咒，現場焚枝，亦燒給買路錢，插立黑色畫符令旗，表示列該處為天兵天將巡邏點，令下矣，諸祟莫作，眾鬼奉行。與警察局設立巡邏箱同意，但是威嚴較厲。又但是，人們猶見鬼，怎麼辦？加強巡邏隊，復插一支令旗，那等於雙哨衛兵。此後，誰再繪聲繪影報稱見鬼，誰自己負責，司公會不耐煩嘀咕：八字輕，怪誰？

司公脫下法服，與尋常男人同樣飲酒吃菸，菸酒都在手，話就特別多。借問借問，八字幾兩幾錢才夠重？酒伴問。嗯，三兩六錢以上。因何三兩六錢，減一點敢有要緊？當然要緊，嗯。哦，講詳細好否？嗯，龍銀一圓七錢二分，五圓三兩六錢，阮公較早講過，人若八字輕，毋值五箍銀。問的人傻笑：如何證明八字輕重？司公奸臣笑：月中，月娘圓圓，去看古井水，井內若照出別人的面容，八字輕，若照出自己，八字有夠重。

真的嗎？假的。司公懂得常人心性，好問此道者，可能寡自信，照一次井水後，信心肯定增強。井水平靜無波，俯身觀照，跟照鏡子極相似。

世世相似如模印，老的會遠去，小的會長大。小孩們吃家鄉米喝家鄉水，轉成少年轉成青年，老阿媽做仙了，老舅公做仙了，老姆婆做仙了，古井青苔依舊綠，人間世面已變遷。汲水人，一些舊識鬢髮微蒼，一些新識豐頰紅潤。井邊故事持續，內容明顯翻樣，說者聽者換班，景象依稀如昔。剛升格當婆婆的，新朝行新政，對待媳婦，實意說理多，虛張恫嚇少，看待孫子孫女差不多共款顏色好，稍微偏疼孫子，仍然免不了。新阿媽腦後不挽髻，玉蘭茉莉串於襟懷腰間，大腳疾行，喊叫丈夫的口氣較斯文，老阿媽生前喊老阿公，數十年用代詞：喂啊、人啊、死人啊。

人，人口，人有口，人有口累。老天造人夠詼諧，讓人吃香吃甜，也讓人吃苦吃辛。青年們一個個離鄉背井，換地方求生活填飯袋。老人守著老村老屋老灶老井，日頭上上下下，風雨來來去去，鋤鏟掘掘挖挖，收成左左右右，吃食隨隨便便，家具將將就就。兒女呢，手指伸出來，短長不一致，有的得意有的落魄。落魄者恨天怨地，恨碗箸怨米籮，老父老母只好取出儉腸餒肚存下來的私奇錢；得意者帶回城市姑娘，老父老母近乎哀哀以告，拜託嫁娶時莫在城裡大餐廳，好不好就在庄內辦喜宴？

歡歡喜喜開宴。老父穿西裝，領帶結得像油炸粿，老母戴上當年出閣以來所累積的金鐲金戒金項鍊。賓客十中五六個老歲人，外村外鄉占多數。廚子司烹煮炒全用自來水，公井還在用，洗滌灌溉而已。筵散，新總鋪司主動放棄幾百年的老規，井邊布滿魚骨菜屑肥皂粉泡沫，點鈔無誤，發動貨車，講了半句外國話：白百白百，多謝多謝。助手臨時補充一句吉祥討喜語：真正撿到好日子，今晚新郎新娘毋免太早睏，看月娘圓圓，明年生後生。

一輪圓月掛天空，一輪圓月浮水中，千井有水千井月，千戶歡愁千戶同。入夜，小村寂寂，蟲鳴唧唧，月光照著紅瓦磚壁竹籬，偶爾幾隻雞豬咯咯嗚嗚。新郎不在乎洞房花燭夜，出門，散步，地曠晚風涼，扶著井緣探頭沉思凝想。水中月，亮光光。老阿媽的面容聲音從井底浮上來，兩色的髮，拳大的髻，柔和的沙啞，輕鬆的語氣：孫也哦，乖乖喔，阿媽念古早歌與爾聽，爾聽好記牢喔，月光光，秀才郎，騎白馬，過南塘，南塘未得過，孫也來吃粿，粿黏貓，狗哭枵，孫也孫也莫愛號，嫦娥看到真見笑，大漢若娶婦，會趁錢，免艱苦，有貴子，做阿祖。

——刊載於二〇一四年七月八日《聯合報》

黃昏的故鄉

日頭還未上班工作，人們就開始準備工作上班；月亮閒閒緩步到天腰，人們已經急急打理睡前雜務。小鄉鎮的生活恆常是這般，如那懶懶的溪水。溪水有在移動嗎？嗯，應該有。真的有在移動嗎？咦，好像有。能證明真的有在移動嗎？哦，應該有，好像沒有。問的人促狹：到底有沒有？答的人口拙了：唉唉，誰會無事時時注意看溪流啊？

老人踱過來了。老人往往無事，總會隨時突然就踱過來。聽過雙方陳述，簡單裁判：溪水流了幾百代，水若有眼，應該沒見過兩位這種閒到嘴齒會癢的人。然後轉身與年輕的米店店員閒話，就從溪水聊起，聊到地球了。這奇怪，地球既然是圓的，會轉動，掛在太空中，那麼，海水為何不會潑出去？老人問。店員微嘆：地球本身有吸引力呀，可以吸住海水，有個名叫牛頓的人發現萬有引力。老人皺眉：號這款名，太奇怪，聽起來真像牛頓粽。好，借問，海水吸住了，人和厝企在圓圓的球上，怎樣企得這穩？店員聲音拉高：萬有引力呀。喔，萬有引力在哪裡？唉，看不見的呀。哦，無人看見如何證明？哎，來丟石頭，看，吸回地上了，聽說，牛頓以前看到蘋果落下來，才發現地心引力。老人搖頭：真奇怪，蓮霧木瓜，熟了就會落下來，不需要引力，對吧？店員無言苦笑，訕訕告別，回頭多嘴說了一句失禮的話：無讀冊，實在也是可憐。

但老人們似乎都不在意不識字。活到七十八十九十歲，做穡做工做小生意，識得天氣出得力氣生得志氣就行了，兩三萬個日子，幾時需要用到字？本業以外的新知識其實也用不著，工錢收穫成本比較重要。年紀大了，諸事交給兒孫，樹下廟庭講古，童少青年圍著，熟眼的親和熱鬧緊密，自己小時候就是這樣呀，自家父祖曾高玄想當然也是這樣呀；再且，自己還記得老老代講的故事，眾小輩肯定一樣會記得自己講的故事，想當然也會再講給更小輩聽。

細聽話中意，老人們的心思，童少青年都能懂。懂事，一樣一樣地學，一年一年增多，漸漸漸漸，老人一個個走了，聽故事的童少一個個長大離開故鄉，努力找飯碗去，各自得志失意，有些人悲傷有些人歡喜有些人平平無奇。但無論命運好歹，總愛在他地念著故土，偶或路過什麼地方，老老歌的鄉音從街路巷弄的屋裡輕輕重重傳出來，啊啊，隔世相逢了，恍若。於是思緒牽扯牽扯再牽扯，連接了故鄉已故老人與老故事，老人的面貌似清晰似模糊，老故事的內容，部分已自然沉失於時光河流，部分則一直存放於腦海角落。時光河流蜿蜒曲折，水勢湍急時忽焉沖刷腦海，那些角落便明白顯現，由不得人以意志控制，所以，必須清理清理而後說出來。說給誰聽呢，甲子恆是輪番，古今人事一般，誰聽都可以。

●

丙子老人說的故鄉故事：

縣衙師爺林，浙江人，世代遊幕，同治末隨縣令趙來台。趙素懦，好靜，茹素，設佛堂衙內，早午晚頌經禮拜，無心治事，公務盡付林。林極貪，時時假令之名多徵雜稅，又指使無賴童生興訟，民獻金則平息，強項者必嚴刑繫獄，民號曰林虎血，取意於俗諺，諺語食蛇配虎血，形容人之狠心也。武童生李，自稱巨才，然屢試屢退，困頓久，年三十猶未娶，數饋物以依附林，助虐尤甚，平日剝頭過渡，一文不付，舟子匠人或索值亟，輒擲錢於地，旋呼來衙役作勢威嚇，加倍奉還乃止。如是兩載，民苦之，冤氣滾滾而莫可如何，共託鄉紳訴趙曰：老父台為官清廉，誓不殺生，可感，然屬員不諳民情，宜加勸導焉。趙唯唯而已。民眾商於文童生吳，吳落拓，多智好詼諧，慨允曰：君等醵金若干來，勿宣，亦勿問訊，他日作用若見效，當搏君等三笑。吳重金買二妓，二妓姿容佳，實已暫離勾欄，罹霉瘡，半痊耳；其一贈李，其一贈林，皆欣喜納之，知者禁聲。例，職派台地，官吏屬員等不攜眷，婦孺免於波濤冒險也。約兩季，林李病矣，倩醫，醫久銜憤二人，亂投藥，林情急求新醫，新醫至，見下體糜爛，躊躇，許以重酬乃允。適趙任期居滿，林聞新令嚴厲且既有私幕，無奈抱病登舟，舟甫行，民眾集岸上拍掌齊呼如唱謠：病得妙，病得真奇巧，烏心銀，連鞭用了了。此吳所教也。李體健，別覓醫治，癒則囊空矣。新令接印，謹慎，訟棍絕跡，鄉人懷恨逐李，淪為盜，被擒，死獄中。有糧商歸自福州，偶言及趙林，趙得陞州官，傳聞費銀兩萬，林雖廢仍為趙幕，貪墨之聲廣聞閩地矣。

戊寅老人說的故鄉故事：

清季，台灣多土匪，夥伴成股，占據偏荒山地，廣布耳目，劫掠不分日夜，官府無力剿除，甚至兵匪互通消息，所得均分，民間乃各組衛隊。某大地主，養家兵十餘，另有長工佃戶僕役近百可供使喚，尋常小股土匪唯望望然去之，無敢犯。一日，地主幼孫忽失蹤，兩家兵一黠婢亦亡去，地主首領急議，揣測，蓋匪類偽裝投效而待時擄人勒贖也。夜，來人，語首領曰：贖銀五千兩，並請毀諸佃戶欠借錢穀之紙據。地主允捨三千，其餘不從。再夜，來人，攜幼兒雙履衣裳以示曰：限時後日午時，否則必縊殺之。復不從。又夜，來人，取一耳置案上，默然旁坐。地主妻涕泣，慫恿從之，啟篋檢出紙據，逐一核對，與首領共焚之，金付來人，來人於庭中呼嘯，暗處四漢出，擔銀疾行。甫過數刻，幼孫已於鄰右哭號矣，查看，幼孫雙耳全，握長繩，繩端繫原贖銀之半。清戰敗，地主率先迎日軍，首領告退，家兵解散。日軍掃蕩藏匿民兵之村莊，地主每以漿果米資日軍，或諫之，白眼以向耳。夏秋交，激戰平原，民兵死逾百，鄉人收屍，一擄人家兵與首領黠婢俱在焉。越年春，地主獨子遭吊死於荒野楝樹巔，解下，衣帶露紙，紙上毛筆字，大等雞卵：負吾前義，報以不仁。人疑另一擄人家兵所為。地主日日捧紙凝視，亦笑亦啼，臥床不起。幼孫承家業，一系無援，族人蠶食其產幾盡。黠婢，佃戶某之女，未纏足，父欠兩石租穀，地主逼以抵償也。

丁亥老人說的故鄉故事：

府城一秀才，原業訓蒙，日本領台後耕讀賣卜，生一女。秀才唯一姊，姊有一子，頗聰慧，好學，秀才愛，自課之，熟論孟學庸，甥及長，常語人曰：阿舅忠恕，情猶吾父。姊夫亦腹笥便便，喜作詩作文，然不擅生產，常窘迫，秀才憐其貧，凡甥課業所需，盡供應之。甥欲渡日深造，鬻田傾囊以助，己女粧奩匱乏，嫁寒門。中日戰起，甥由日赴中，結交權貴，至國府撤台始還，登高位。時，姊夫先亡，秀才老病，婿女無力奉養，使人示意甥，冀得資金，甥漫應而終未施惠。秀才無路走投，親作一書與甥，哀哀懇求，但避嫌不言昔日之恩。甥回書，簡略數行，大意，政風嚴肅，官窮於民，勉強撐持耳，待薪水有餘當登門呈獻。秀才信之。人曰：乃甥仕路亨通，廣業產，某地若干又某地若干，皆便宜行事廉價取得，四方周知矣，君獨不知乎?秀才忿，復作一書，稍責諷之，甥無復。秀才含恨逝，婿女告貸購薄棺以殮，報喪於甥，臨葬，未見來，眾謂候之三日，以甥宜親祭扶柩送行，俗禮不可廢也，甥終不至，下葬。月餘，甥令人致贈賻儀，並傳語曰：公務纏身，誤期矣，悵甚，然，阿舅傷人顏面亦太過，頗難堪，異哉，當年區區學費，何記念久之耶？

己丑老人說的故鄉故事：

大戰結束，楊某自中國返台，立即籌組讀書會，暗中積極拉攏同志，宣傳社會主義思想。初，楊與公學校同學許李陳沈黃五人交好，直至成年皆稱莫逆，彼此或戚親或世誼，結拜，楊排行一。乃遊說入會，唯沈應之，餘仍頻往來。二二八劇變作，沈無所為，楊實際參與其事，曾傷及無辜，後避居山內。一夜，楊黨約五友於溪畔廟中見面，曰：楊被責矣，必不得安然，彼亟欲奔海外，其家小長親，但望爾等照顧，他日報恩。眾諾。越數日，傳聞楊已入牢，拷打苦毒甚。又數日，五友同時被捕，極力辯，軍官示以楊手書之供詞，供詞盡卸己責而盡誣諸友。緣地方頭人力保，復集黃金賄官，許李陳黃釋放，輕判沈。沈家人奔走營救，費金百兩，半年後出獄。五友多方探詢，則楊已於台北經商，常出入公門攬事取利，而言必頌德政府焉。五友密計，買一鄰鄉地痞為刺客，北去，斬楊一掌並斷其足筋，不忍奪其命也。楊養傷多時，復赴中國，不久，中國易幟，失楊音訊。楊有父母妻暨子三，無同胞，五友之二共濟之，見楊妻必稱大嫂，見楊父母必行子禮。如斯約十載，楊父母離世，三子皆成年。人或重申往事暗示可疑，然三子心虛，又無可證，竟置不問也。

●

但有小輩問疑，老人們總會實意明指：世間百千樣，歸底，生做人，該當學做人，故事要記住，將來講與後輩聽，讀冊，明情理而已，做人，不可悖天良，亦莫一支嘴念什麼忠孝仁愛禮義廉恥，這八個字，億億人念過億億次，絕大多數攏總假話，古早人現代人，只是衫褲頭毛有差，爾等看天頂，共款的日頭照過幾百代共款的人，人心，總講一句，像天各樣月。

太陽依照季節準時上工下工，月娘牽著星星準時接替輪值，日復一日來，月復一月往，如暴漲的溪水，勤勤的移動。年華似水流，轉眼又是春風柔，風水一波波帶來紅嬰，風水一波波刷出白髮。鬢毛已白的離鄉人，無論遂意落志，總愛在新居地唱著老歌曲……孤單哪來到異鄉，不時也會念家鄉，今日又是會聽見著，喔，親像在叫我哎；叫著我，叫著我，黃昏的故鄉不時地叫我，懷念彼時故鄉的形影，月光不時照落的山河，彼平山，彼條溪水，永遠抱著咱的夢，今夜又是來夢著伊，喔，親像在等我哎……。當然，唱著老詞舊曲等於唱著生活心酸，同時也聽聞了許多留學生的心酸故事，彼等被點名禁止回鄉，在異國，流著淚唱故鄉的歌，望你早歸、媽媽請你也保重、黃昏的故鄉……，白雲啊，你若欲去，請你帶著我心情，送去予伊我的阿母，喔，毋當來未記哎。

又當然，到島上各地討生活的人，也總會記得返回小鄉鎮老家。小鄉鎮年復一年變，終於，田圃俱失，街容大改，門戶小部分原樣大部分翻新，啊啊，熟眼人事皆不見，景物全然恁陌生。還有，新一批老人與新樓房一般多，新一批童少與老瓦厝一般少；還有還有，抬起頭來一眼望去，夜色月如鉤，曾經滿天掛著幾乎要滴滴滴滴下來的星星竟然集體遁逃，不曉得逃到哪個天之涯地之角；還有還有還有，以前的玩伴未知還在否，別後已經是好幾個秋，逝去的歲月不倒流，可不可以來到這裡，相對一杯酒？隨意走走看看問問吧，也許能夠追回些些舊夢。

夢遊般走著看著。真奇怪，樹下簷前都沒有乘涼的人，廟庭公園都沒有說故事的人，咦，老人小孩都沒那個閒工夫？又奇怪，行至任何街路都聽到電視劇的聲音，都聽到廣播電台賣藥的聲音，咦，電波有這麼強大的吸引力？更奇怪，看上去確實是景物新新，看下來卻有點暮氣沉沉，咦，會不會是緊密的水泥屋隔開了所有的熱鬧親和？噫，算了算了。向南向北步來步去，多半人們搖頭或頓頭反過來問東問西，問路的人實在也是可憐，待得找對故友居里時，已複誦身家七八九次，來應門的中年婦人答話略帶促狹意，好像是很努力地想要變化鄉音：請問您有什麼事兒，快說，正忙呢，您是台北人？問的人苦笑口拙：不不不，是是是，不是不是，唉唉，應該不是，攪擾啦，失禮失禮，請借問……

——刊載於二〇一五年九月十三日《自由時報》

淚光閃閃

●

台南縣，新營鎮，民權路。紅瓦，白壁，竹管厝。虎年，仲春，吉旦。楊家男丁老四出生。

新生兒沒有受到重視，小腳阿媽與父母也不甚喜悅，因為多出一個吃飯貨等於肩上多擔一具石磨。大戰甫結束，炸彈坑防空洞水泥碉堡隨處可見，其他什麼東西都缺。母親產後數日即下床為人洗衣做飯，有時沒辦法餵奶，大姊泡米漿充當，居然也活了下來。

奶粉是有，天主教神甫常發放給窮戶，但神甫總愛勸人信教，且聽聞那奶粉原是美國人用來餵豬的，所以老四從未喝過。父母極不願意接受施捨，他們一直遵守古代觀念，吃人半斤還人八兩，還不起就別要，卻還是認為教會的濟助可稱善心義舉。神甫能說流利的台灣話，對乞者對富戶一樣態度，乞者伸手，他先講很多話再給錢，大約是勸告要骨力做工之類，所以在地久的乞者不會自找麻煩。神甫是否美國籍不清楚，只要是白膚金髮，小鎮裡都統稱為美國人。

五歲那年，老四第一次見到黑色美國人。小孩大人一樣好奇，結群從路頭跟到路尾再彎進小街，黑人生氣了，轉頭高叫一聲，這才眾人慌忙散去，那叫聲的開頭近似「花」。小孩們此後就以花郎代稱黑人，花郎諧音台灣話的喊人。

小鎮生活步調既快亦慢，既忙碌亦悠閒。幾乎人人都有事做，老人幼童至少也會幫忙撿柴薪提井水清廚灶捆蔗葉。老四讀新民國民學校之前就一直被教導要勤儉勞動，小孩勤勞，無非跑腿，買米買油買鹽買糖買醬菜買零菸。

民權路口兩側，左是打鐵店，右是碾米廠。老四每回去碾米廠都沒帶錢，頭家卻如常客客氣氣，米裝好了，不言語，直接用粉筆在黑板上畫一橫或一豎，賒欠以「正」字記次數，一旦結清立即抹除，唯不得拖過年關。大人們說，這是幾百年的好規矩，沒人質疑多一筆少一筆。賒他物同樣。

跑來跑去，老四很快摸清楚小鎮各個地頭。沈厝黃厝涂厝，全是同姓聚落，全是台灣式平房，都有前庭後院，都植樹種花。老四真愛樹與花，花可以隨意摘，樹可以隨興爬，但果子不能隨便拿，這是教養，無需提醒。若得主人允許，則取之當然不手軟。老四差不多斷奶後即明白食物珍貴，填飽肚子比考試滿分更重要，滿分只是一個一加兩個不能吃的圓蛋，頂多父母附帶一句真乖。老四天生比頇顢一點點的小弟多一點點小聰明，很知道再怎麼乖也不一定能換來一粒糖含丸，討吃蓮霧龍眼芒果番石榴還是比較實惠。

小弟其實不笨，六歲時被送養，兩天後自己跑回來，站在古井邊喊著要吃阿母煮的飯。老四哭了，平日打架挨棍棒都不肯喘氣的，第一次因心酸而哭了。

老四年少時，周遭的老人大部分出生於清同治朝光緒朝，但思想未必守舊，他們是老四同代人的人生啟蒙者。那些讀過漢學堂的老先生，腹中故事尤其多。他們講縣太爺、舊地主、分類械鬥、日本番、噍吧哖事件、神風特攻隊、二二八屠殺、毛蔣搶帝位……，順便引用古書諺語，教小孩一些做人做事的道理。做人的道理很簡單，寧拙勿巧，做事的道理很簡單，寧巧勿拙。兩項兼具，即是第一等人才。他們喜歡直白論事論人：不信鬼神可以，悖理違情不行，總之，孔子講，己所不欲勿施於人，讀萬卷書而不通情理，遠遜於不識字而知義曉仁……。毛蔣之類，滿口救國救民禮義廉恥，卻根本不在乎萬千老百姓都是父生母養，要吃要喝，會痛會傷，還會為死於烽火的親人捶胸哭泣悲怨終生……。地上住的都是活著的人，天下是所有活著的人的天下，孟子講，民為貴君為輕，雞屎落土也有三寸煙，何況是人，莫使得欺人太甚，否則，你不仁，他不義，誰都別怪誰……

老四與同伴曾疑問這種論說，因為大不同於教科書內容。老先生搖頭：以後長大讀更多文學歷史冊，自然識得其中孔榫。

至於看待那些離鄉背井來台的教師老兵等等，老輩人總會心存情同理同的好意，他們最常說的理由只有八個字：平平是人，將心比心。

將心比心，老四牢牢記住了這四個字。同時明白課本內所謂月旦春秋是何意思，用老輩人的語詞來說，那就是，是銅或是黃金，判斷自在人心。

民權路頭，老四家門口，是載貨三輪車聚集區，一排人力車，一排鐵牛車，分列於路兩邊，工錢雙方議定。車夫泰半曾被日本政府徵召派去南洋，他們鮮少提及戰事，會說但不常說日語，不會說也不肯學北京話。無事可做時，小賭四色牌撲克牌象棋，往往為了五角一塊錢爭吵許久。老四若代筆寫信，他們出手倒是大方，很乾脆。

老四讀初一時，近春節，嘉南平原大地震，白河地區是震央，鐵牛車全出動了，載運棺材。省道上一長隊鐵牛車，一輛一棺，棺材都是典型翹頭式，未上紅漆，環車圍白布。鐵牛車夫恢復正常排班後，人們問起災情，回答總是簡短幾句，或直接一語：反正比不上戰時萬分之一慘啦，生做台灣人，爾是欲焉怎？老四雖懵懂，也能從他們的臉上話中看出聽出深沉的無奈與悲傷。

但也許老四多想了，地震陰影仍在，鐵牛車人力車又集體攬工，載運嫁妝及送親者，環車圍紅布，車夫斗笠貼紅紙。

老四不認為這有什麼矛盾。隱隱然心裡有個講不明確的領悟，勉強用語言解釋，大約意思就是：世間無定悲抑喜，真看假若草台戲，一齣演煞換一齣，有人唱歌有人啼。

上高中，老四才見到新營中學內有三層以上的樓房。更早幾年，新舞台戲院旁有一幢三層半的新式樓房，號稱百貨公司，初建成，小鎮人互相走告，絡繹參觀。

新中有一位老師，姓名袁家駪，據說是袁世凱族人，與物理學家袁家騮平輩，學生們將駪字讀為先字音，她不生氣亦不糾正；常穿旗袍、梳圓髻，行路穩步。校側教師宿舍整潔有序，老四每入，皆聞花香。

舊日本神社鄰近新中，占地廣，樹木多，鳥居石橋石燈銅馬大殿都保留原貌。第一座鳥居外，一列鳳凰樹，老四經常在逛過神社後坐於樹下，思考前途也思考寫作。老四心裡清楚，寫作會被人視為沒前途，又自知不寫作也沒其他前途。橫了心，寫，大學聯考前夕還在寫，結果真的迷失前途，落第，心泣當兵去。

退伍後，住在善化鎮北仔店大姊夫家，準備參加大學聯考。那一區屬光文里，里名來自明朝文人沈光文。讀書餘暇四處問訪，可惜找不到任何沈氏遺跡。

老四本來好古，高中時期，假日總是抽空去看老宅古蹟。鹽水武廟八卦樓、柳營劉家古厝陳永華墓、麻豆林家老屋、六甲赤山龍湖巖、大內楊宅……都往看數度。最遠跑到台南安平，望著古堡左近的荷蘭古牆發呆一下午。安平，童時與父母兄弟去過，搭竹筏抵達。

再次到台南，是參加聯考。只見中山路兩側一片火海，所有的鳳凰樹都著火了，葉子幾乎燒光，樹枝全都燒紅，比新娘用的棉被單更紅，看著看著，眼眶濕紅，天也濕紅。

天日昭昭，老四總算也有苦盡甘來破涕為笑鴻運當頭的時候。大考放榜，依志願分發至台灣最優的文學系（之一），東吳大學中文系。

歲肖牛年，季夏，老四帶著一床棉被，棉被裡塞有臉盆毛巾衣服，搭乘台灣最慢的普通號火車離開小鎮，自此成為本土型候鳥，定期往返台北與新營。

●

經過四十年。

●

這些年來，楊家老四每還鄉尋訪舊鄰同學，始驚覺，有的小學同窗居然已經做了阿祖。有的可能是不想活了，自擇吉日歸去。

而，還在世的老友，無一例外，面紋都如嘉南大圳灌溉渠道，猶記當年騎竹馬，看看已是白頭翁，反覆仔細打量，方能勉強辨出半世紀一甲子前的模樣。見面彼此閒談，談所有記得起來的昔時細事，挨打、逃課、惡補、花郎、漫畫書、翁仔標、橡皮筋、脆橄、野草莓、番薯籤、釣青蛙、捕麻雀、灌土猴、賣藥拳頭師、野台布袋戲、巡迴歌舞團……也談所有的小鎮往事。結夥去吃老口味的燒餅豆菜麵米糕，仍然話題不離老年代生活，並深深感謝這一方養人的老水土與諸多育人的老長輩。

聚會總不限人數時間。偶爾，有人仰望著老鄉的老天空出神，似乎正在努力翻看腦中的老相簿，搜尋老遠的蹤影。記錯了講偏了也無所謂，老照片褪色了也沒關係，再沒什麼值得考證計較的必要，就算故事老掉牙也是好聽的，想，青史也不過是幾番春夢，凡人本該領取而今現在。多數時候，大家盡情呼啊嘆啊，點首搖手，拍肩擊掌。終於累了，這才靜下來。久久，忽焉彼此對望，但見幾雙老眼睛竟然覆上一層厚厚的透明膠膜，極透明又似會流動的膠膜，燈暈下，看去就像老圓月映在微風吹皺的池面上，輕輕輕輕輕地漾亮漾亮漾亮。

——刊載於二〇一八年四月五日《聯合報》

夜燕相思燈

所以啦，做人總要有一點本事才行；因為現實生活莫得滾笑，日月定準會升落，衣食卻無可能從天上掉下來。

人們就那樣做啊做，日光做到月亮。十戶九缺欠的年代，月放亮時便無事已算是命好，還有人得做到起更呢。受僱的洗衣婦，送出白天曬淨的衣服，帶回白天弄髒的衣服，夜裡水井邊搓搓洗洗。日放光可就人多了，人多必爭搶，誤時間，家中有老有幼，而且都餓不得哩。餓著老的，人說不孝，餓著小的，人說不仁，餓著做穡做工的丈夫呢，通常只能預備好挨罵甚至收受一頓拳腳。

可憐呢，都是人生父母養，但，天實為之，實命不同。怎麼個不同？有些人可以四體不勤而五穀不缺。角頭流氓或議員代表，兩者幾乎是輪流替換職業的。伸手拿錢，商家攤販按時繳交，學校規定註冊費，流氓規定保護費，天經地義，大道同理。

商家較沒問題，攤販常常經不起。腦筋簡單的攤販，乾脆，叫自己兒子入夥插幫，這一來，白天晚上都安心營生理。

晚上營生理，小鄉小鎮都一樣，概分在地與外地。而在地外地總集中在夜市一地。

夜市裡較常見的外地人，泰半是卜算術士、打拳武師。近山夜市也不時出現山地下來的黑面孔，專賣山產，毒蛇松鼠野豬野雞猴子帝雉等等，全是活的。黑面孔會說平地話。借問，吃這蛇有什麼作用？補身體。吃這雞有什麼特別？補身體。吃這帝雉松鼠有什麼效果？補身體。小童不知輕重：啊，吃猴子，啊，嚇死人啊。黑面孔作勢抓人，低沉嗓音：啊，再叫啊，狡獪啊，掠你去山上熬成猴膠啊。幾個大人笑樂了，手放鬆了，鈔票轉到黑面孔手上了。

打拳武師也會強調吃藥補身體。武師跑南北碼頭，短則半載一年幸會，長則三年兩載久仰。但一律賣跌打損傷丸散膏，另外，少不了，回春丹藥。看看觀者聚多了，武師磨磨磳磳，慢牛多屎尿，不急，卻也萬不能讓觀者發急。適當時候，武師說白開場：來，各位老大人少年兄，小弟某某某，真不才！—匡—小弟算來真頇顢，功夫學十幾年，一直無進步！—匡—總講一句，三腳貓兩腳鳥，勉強會走跳！—匡—希望大家莫棄嫌，種田人要拜土地，走江湖要敬在地！—匡！……說一堆客氣話。那，匡聲是什麼？小徒弟或武師妻女間斷敲鑼，助陣兼熱場。

表演武功，是人人愛看的。用喉部頂彎鐵條、上身捆滿鐵絲一口氣繃斷、平躺釘床由人持鎚敲身、耍大刀擊開錢幣小石頭，之類。接著賣藥了。

賣甘蔗的以牛車載物，車尾一盞小燈。夜市賣甘蔗不用秤的，用比價的。賣者隨意抽出一根，由人喊值，習慣上若無人出頭則賣者自喊一值：四角四角，有人添否？五角，好，五角五角……直到無人添加，雙方成交。成交後互不追悔，這得憑眼力了，甘蔗甜不甜、有無臭心，那是行家才知。小童緊捏著幾枚銀角，與大人較爭，一律公平，叔姪不認的。至於買了劣蔗回家一削見真章，那就得認父子了，認父子的意思是，為父的可以舉蔗打為子的尻川。為子的吃了一次虧，下次再到夜市喊甘蔗，尻川的瘀青未退呢，銀角握得更緊，嘴角合得更密，照樣舅甥不認比價，結果呢，想也知道，再次回家乖乖認父子。

為人還是六親皆認較好。小鄉小鎮的老歲人一直這麼說，人若六親不認，免去算命推運。其理比識甘蔗好歹還簡單。夜市內的卜算術士卻不這麼認為，術士通常如此論：一命二運三風水四積德五讀書，命是注定不移的，運是能夠改好的，好風水第蔭子孫，好積德有好報應，會讀書便得出脫……云云。常去夜市聽講這般云云的芸芸眾生，幾個不在人生苦海浮沉呢，心癢算個命吧。術士如是云云，反正是正沖反沖、留意口舌、勿近溪水、目前運未濟、忍耐待來年……。云完了，即使不知所云，給紅吧，紅即是紅包，正式名目是討運紅包禮。術士的說法，道破天機，自己損失，這紅包禮給得過少是不好的，對被算命的人是不好的。

那該多給錢嗎？別想。十戶九散赤的年代，幾家好業人？有錢才不去算命哪。待到來年，運仍未開，這才嘀咕，當初的紅也許確實不夠紅，嗯，最好連鞭去夜市行行看看。術士換了一個生混人，生混人的云云倒是熟耳得很，一命二運三風水四讀書五積德。咦，積德退步啦，讀書進步啦，幸好前三名成績不變。聽聽，心又癢啦。這術士學問好得多，孔聖人在陳蔡絕糧的事也曉得：孔子遊列國時沖犯了太歲星驛馬星另外什麼星，只差沒有犯到紅鸞星……。如是云云，云畢了，給添吧，添即添福祿，正式名堂是添福祿之財禮。這添財禮給得愈多愈好，對被算命的人愈好。

好像是約定俗成，小鄉小鎮的夜市邊，總有小旅社，專供外地來的術士武師手藝人住宿。本地人多營吃食攤，收攤返家。小旅社房間真小，頂大的不過六疊日式榻榻米，單人房概皆不到三疊。儉省的江湖人，一家四口擠在四疊房，小子可以直躺，大人需得屈臥。小旅社服務生，依日領時期習慣叫女中，女中們當然無一是女中畢業的，識得宿客名字已是不錯的了。可是識人有一套，等閒學不來。幾號房住幾人、幾號房幾時該付租金、幾號房客是幾號人物，盡記在心。就算欠錢開溜，女中之佼佼者亦有辦法追跡找人，這厲害。江湖一點訣，跑得了掛單和尚，跑不了收留寺廟，女中一業，彼此年年月月互通聲息，此地溜掉的江湖人，必在彼地營生住宿，一旦發現，緊急通報並確認，江湖人只能認了。

小旅社女中往往兼業，該業一般稱為二十一，因為皮條客俗呼三七，比三八少一點，三八無藥醫，三七則有錢賺。這錢好賺，江湖人若非必要，不帶家眷，抑是根本沒家眷，女中大有機會做抽頭生意。在地人是不准子弟進出小旅社的，可是官府嚴反而盜賊多，狠一些的女中，透過那些角頭流氓打廣告，血氣方剛的青年不曉事而想曉那件事，鼓勇去一次，從此告別純真的美麗與哀愁，甚至染上花柳病，只敢對密醫告白。

女中大概只不敢惹一種人，來路不明且不明何為的奇怪江湖人。夜市一角，奇怪人蹲坐地上，面前幾本線裝古書，賣書嗎？不對，說書嗎？不對，解書嗎？不對。眼瞧四方，口喊玄機玄機，算命嗎？又不對。偶爾有人好奇攀談：老兄哥，你做什麼？唉，玄機啊。到底是什麼？唉，普通人不知啊。然後雙方低語一番，奇怪人取毛筆於紙上寫四字，中華民國。這位人客兄貴姓？姓陳。陳桑，在地人？三代以上在地。年歲？四十出頭囉。喔，陳桑，二二八有經歷過？有啊。草頭姓來了以後，陳桑感覺怎麼樣？……。奇怪人摸底清楚，開始放心說了：中華民國四個字，看，號做中華，兩字都是單足企立，未得站久，民國是人民之國，陳桑，這世情敢真是人民之國？……小童旁聽無所謂，不過，時代大亂潮剛平息不久，小童多少也知道奇怪人約略是何種人。若有長相口音明顯是大陸籍者經過，奇怪人即刻噤聲。小童更明白了，草頭姓指姓蔣，只是不知何以奇怪人要做這事。

事實就是事實，不用諱言。夜市中的怪人，還多著哩。手藝人極少不怪，牛醫兼賣自製牛具的、挽面的、刺繡的、編簑衣的、編草蓆的、剪紙花紙人的、做木椅木杓木屐的、修補製作烘爐的……，都有怪脾氣。靠手藝賺食，不用太過討好人。

刺繡的一針一線低頭不語，成品價值標示在貼紙上，未許討價。挽面的不招呼客人，客人坐下，馬上動手。編簑衣的兀自編結，一問只一答，專心手中棕簑，分心會亂分寸。務農客人挑挑撿撿，中意了：師傅，幾塊？八十。俗一點啦師傅？八十。唉呀師傅，七十？八十。七十二？八十。七十五？八十。客人啞巴叫親人，怎麼叫都是啊莫啊莫。再試一次，七十八？八十。停了一下，補一句：雨淋到，吃藥不只二三十。客人傻住了，有這樣科頭傲慢的人，講話像是釘五寸孝子釘，一下槌就回不來了。好啦好啦，八十，喏，八張青牛，算算看喔。

半似賣藝半似乞討的是彈月琴或拉胡琴或吹竹笛的人。身旁點蠟燭或油燈，通常身處夜市最偏僻所在。好地段輪不到的。佇足理會的聽者三兩個。用以接受施捨的碗盤一定有破裂。藝精談不上，成調則過得去，人呢，通概疾障，但不特意做態示可悲，多少維持起碼做人的尊嚴。唯一的小詐是表演之前自己丟幾個五角二角一角錢幣在盤碗裡，那表示有聽者已慷慨賞賜了，目的當然希望他人學樣，好歹也留下一些。十戶九無餘的年代，能大方投錢的人，有限。大人們剛剛從戰火燒光一切的惡夢裡逐漸緩慢定神醒過來，小童呢，貪吃脆橄時爾偶敢偷幾角錢，同情心雖多，終究伸手入袋躊躇良久，轉身。

老天以外，多心小童才知道那些賣藝乞討人怎麼過生活。小童如小狗，好奇，於是跟蹤探尋，鄉鎮郊野，竹管糊泥屋，泥落竹露，略為傾斜，拉胡琴的老歲人小步小步點腳進入未關的竹門。貼身窺窗內，一竹床，兩木椅，床上一蓆一被，椅下一爐一鍋一碗，沒了。竹屋外十公尺，大大小小饅頭堆，大饅頭有大碑，小饅頭無護圍。怎麼回事呢，恁多曾經活著的人身邊只住一個現在活著的人，不懂。回家囁囁告訴大人，大人靜靜聽，靜靜聽完了，無言。

掠龍的有時也到夜市角邊站。市街少，人口少，掠龍的盲者總不超過兩三個。暮色初濃，開始持杖行街路，絕不喊叫，手握半尺長竹筒，以細棍叩打，叩叩叩叩，聽到便知是誰。有些錢又有些筋骨病痛的人家，派人來拉，是拉不是請，掠龍人不熟門戶，得拉著走，賤業者又用不著以禮請。若到夜市站，依風俗，不可當場當眾按摩，男女皆同，客人說明後，拉起便走，去自家屋內。價錢不一定，不太離譜就行。青盲人計較不過明眼人，稍稍討多，主人若激氣，誰拉掠龍者出大門？

行行業業有門檻，硬跨也是不行的。掠龍者有禮無禮都勿視，卻老天補其不足，有禮無禮都銳聽。什麼人曾橫暴鄙吝對待，什麼人的聲音即過耳不忘，那什麼人再發作腰痠背痛，存個心眼另派人去拉，拉得動，一到其人家門，老天另補的特殊觸覺隨即產生功能，掠龍者不進去了，請找別人吧。臨時至何處另找？龍脊胯腰痠痛會咬心肝的，這就軟語半請了：價錢多上次一倍好嗎？唉呀，多兩倍比較合理。好吧好吧，明明是刁工，青盲牛吃好草，哼。掠龍者此時突然失聰了，裝做未聞，討生活呀，討生活受點小氣沒關係。何況本來就真盲，且由人說去，畢竟粗魯人的錢也是錢。

真正的斯文人而在夜市裡討生活，該是那些讀過漢學堂的老先生。代筆作書信。小桌一方，毛筆鉛筆數管，客人十中八九是婦女，是另一類青盲牛，見字猶如未見。有事要交代出遠門的女兒、正在服兵役的兒子、去覓職的丈夫等等，唯有求人一途。代筆老先生通常每星期輪換一回，那是為了使老友人人得以混口飯吃。老先生問明白了，視收信對象使用文言或語體，行文語氣必然符合寄收雙方的輩分與親疏程度。與客人熟稔了，還能聊聊對方家事。聊著聊著，老阿祖流淚擤鼻涕，老先生陪著嘆息，可不是假意喔，眼眶真紅了。

十戶九艱難的年代，小鄉小鎮居民，論起來無親也是故。老先生老阿祖都從清朝走到民國，皇帝大去了，天皇大去了，老人依舊在，在夜市碰頭，依舊過苦日子。斯文人總是斯文人，客人說無錢，毫不矯揉的如常代筆。小童立一側注視著，蝙蝠有時誤闖向燈：哪呢，夜婆夜婆。老先生招招手：細漢兄，來，老貨教你，那叫夜蝠，這樣寫，嗯，古早人較文雅，也叫夜燕，知曉如何叫夜燕嗎？像金烏玉兔一樣雅稱，因為夜蝠有點像燕子，然而呢，燕子不在夜晚出來……。小童有些懂有些不懂：學校老師說，夜市的人攏總是夜貓子哩。嗯，北京語夜貓子，是指暗光鳥麼？哪呢，不知道哩。嗯，老貨我曾孫今年讀小學囉，細漢兄，你幾歲？十歲。嗯，相差一甲子外，一甲子六十年，你知否？知啊。嗯，真好真好，可取喔，佳哉佳哉。

收取保護費後，不勤不缺的角頭小弟搖肩擺胸走了，老先生繼續老臣在哉的端坐。夜市收攤概約十時左右，再晚沒人啦。老先生常說，報紙的語體文亂寫，什麼老神在在，愛滾笑，應該是老臣在哉，戲劇裡借來用的，只要老臣還在，就一切不用擔心，所以叫做……。小童聽著想著，都是人生父母養，老先生一肚子學問本事，如今代人提筆賺幾個錢，可憐呢，套用老先生的文詞，天實為之啊。

實命不同。夜市收攤，早已起更囉，還有人在工作呢。放亮的月，明過幾盞由人家門窗透出來的五燭光燈。彈棉被的、做豆腐的、洗衣服的、餵牛吃夜草的、賣菸酒什物的……，人們就那樣做啊做。夜蝠飛來飛去找吃的，在近中天的月下，三隻兩隻仰升，三隻兩隻俯落。生活好像也是這樣，起起伏伏，天經地義。所以啦，老歲人白天樹下吟唱老曲嘆相思：等君等到月斜西，相思親像火燒材；憐伊出外為衣食，怎好怨嗟未轉來。

——刊載於二〇〇六年四月八、九日《中國時報》（原收錄《夜燕相思燈》）

【輯二】

淡水暮色紅

忘了記得都好。
新的既要來舊的就要去，歲月定要輪番去來，
幾度滿月黃，幾度夕陽紅，地球總要繼續轉，
日子總要繼續過。

風箏不了情

是紙就可以，依大小裁分或組合成半公尺四方，置一旁，取出預先選妥的竹枝；竹至少兩枝，竹長等如紙寬，須以小刀細削均勻，直徑約鉛筆三分之一；二竹交為十字形，疊合處用裁縫線綁緊；將紙斜挪即是菱形，竹十字平架在紙上，上下左右中對準，撕紙片塗漿糊，貼牢五方；截紙作條狀，均等，若干不拘，數條黏於左右為翅，必同數，數條接龍，兩三公尺皆宜，黏於下為尾。如此，一隻最簡易的自製風箏完工了。

當然有人賣風箏，精緻許多，有圖形有色彩，但也是手工製造。小孩焉有閒錢，欲得放飛趣，唯有自己來。風箏做好了，結伴提著去攤位上比較比較，賣風箏的人總是步行沿路叫賣，停腳處便是攤位，通常只喊三個字：風吹——啦。看見小孩手上的物件，其人不知是用鼻孔還是用喉嚨吐音：敢是講呢，連七八角銀亦無？彼款好意思叫做風吹？小孩覺得心情鬱窒了：會使得用什麼來交換否？其人揮揮手：去去去，去放你的烏魯木齊破風吹啦，我無閒啦。

放風箏必要有線。做母親的心軟，拿出針車棉線後又不免心痛，吩咐又吩咐，總之，記得收線帶回來。若是沒帶回呢？小鎮小鄉通例，沒有明文規定，卻是各家都遵守，那就是一頓打罵，用什麼工具打則不限。學校裡同樣，老師讀書多較聰明，所以處罰方式能融合古今。例如，把鋼筆夾在學生兩指中，用力捏握，這是清朝縣令的問案遺風，大人們說的；例如，打手背，用板凳木條，這是日本警察的拷刑遺風，大人們說的。極少小學生不知那滋味，然而，能痛到什麼程度，也極少小學生能夠說明白。至於只被細棍打手心打屁股，那算是好狗命兼好狗運，逢凶化吉了，大人們說的。

一罵一打，莫非天定。小學生在學校挨打，回家最好勿提及，若是見了父母，薄言往愬，泰半會逢彼之怒，追加一頓處罰。所以，認命，功課畢了，玩玩玻璃珠橡皮筋，踢毽子，或者，身上帶著瘀青也要去放風箏。

其實四季都適合放風箏，先決條件是不下大雨又有風。夏季當然最佳，假期長，父母忙，老師鞭子暫時藏。小學生人人有呼朋引伴的本能，一起到野外，試試誰的風箏優良。

飛升了。報紙做的、課本紙做的、包裝紙做的、雜誌紙做的……，各種風箏飛升了，大大小小都能飛。發現失衡時，調整翅或尾，全憑經驗。大人們不教的，小孩自然懂。大人們，尤其老師，總愛說希望小孩都能成龍成鳳飛得高高，小孩們聽過立刻故意忘掉。風箏飛得高才是真實，線頭在手上，隨意扯來扯去，左之右之，隨心所欲。大太陽下，稻田，彼禾離離，湧動如波，一波推連一波，綠海望不見邊際；白雲，如團如絲如帶如練似龍似虎似蛇似鳳像筆像書像箕像鋤類山類河類樹類花，若動若不動的飄浮在乾乾脆脆的藍色底下；狗在跳，人在笑，蟬在叫，樹在搖；遠遠近近的鳳凰花，放火燒山般的燒，無法無天的燒，燒過屋頂兩倍三倍高。小孩們汗滴趾下土，究實粒粒皆辛苦。奔走累了，坐躺涼蔭處，比賽打風箏電報，電報是紙片是小草是什麼都可以充當，隨風力抵達極端時，電報收到。電報上也可以寫字祈願。祈願之一，在路上揀到一元五角；祈願之二，贏來好多糖含丸翁仔標；祈願之三，希望最兇悍的老師趕快被調走或者至少有幾根手指偶然弄壞掉。

小孩們都深信，打風箏電報祈願很靈驗的。風箏飛上天，天上有眾仙，天公關公姜太公都坐在那邊，而且聽說都有一本大冊放置面前，任何人的請求，順手登記，若要諸仙俯允，心誠第一。小孩們別無所有，心誠多得是。真靈驗耶？有那麼幾人有那麼幾天居然很少挨罵挨打，甚至還撿到兩三個一角鎳幣，那麼，真靈驗矣。

大人們，尤其老人，往往警語更靈驗。所謂常在日下走，難免會臭頭，還真有這回事。放風箏無法避開烈日，大樹不少，但會阻礙視界又會纏住線。小孩們興高，忘了盤中飧，也忘了烈毒正當午；黃昏回家，摸摸頭上發癢部位，咦，此一突彼一突，小腫；隔日，小腫長胖了，再隔日，復隔日，腫脹蓄膿，類近佛首矣。到了此地步，斷然措施乃落髮，否則膏藥不得塗敷。理髮者揮毛巾撢去椅上白黑髮絲：來，少年也，剃幾分？做父親的代答：伊喔，欲做和尚啦，愛踢投，曝到臭頭，剃光頭。小孩正經一千六坐在椅上，因為懼怕，正經八百是不夠的。理髮者撥撥瞧瞧：實在有夠天才哦，親像釋迦，這粒頭怎樣剃？然後動剪，剪一把，小孩啊一聲；然後刀剃，剃一下，小孩啊兩聲；然後，總算了事，回家貼狗皮膏藥。

好了瘡疤忘了痛，此乃人世定理。小孩雖幫不上家事，但竟日如如不動肯定做不到，總要猴腳猴手翻翻筋斗，始得快活。高中生主意多，通告舉辦全國風箏比賽，比花樣比大小比高遠。全國，是誇飾詞，流行語，語源來自總統訓話，訓話起句必這般：全國軍民同胞們；全縣可稱之，全鄉可稱之，全村可稱之，全街可稱之，反正意思是大規模。賽程決定後，與賽的大人小孩總動員，進入戒嚴時期，組隊或獨力應戰都行。

賣風箏的人也參加，順便做生理，現場臨時更改口號：風吹——蜈蚣風吹，獵鳶風吹，白翎鷥風吹——。小孩們自慚形穢，靦腆怯聲問：一隻一塊乎？其人不知是用喉嚨還是用鼻孔吐聲：真笑科，蜈蚣、一隻、二、十、塊、啦啦啦。小孩們愈發羞愧，臉發紅啦，舌打結啦，腳挪開啦，不待其人喝趕，自去參賽人群外圍放風箏，同時睜眼看天上。天上有身長三公尺的青龍風箏，有翼寬兩公尺的白鴿風箏，有葫蘆形風箏，有老鷹風箏，有帆船風箏，有黑貓風箏……，並且都使用釣魚線，盡力拉扯不妨。

漂漂亮亮有模有樣的大風箏啊。小孩們開了眼界，互相打氣，將來長大了一定要很有錢。父母沒錢，所以日日苦做，樣樣省儉，久久猛然想起才慎重掏出兩角鎳幣給零用錢。老師沒錢，所以師母在市場邊兼差賣木屐雨傘之類，每天等三兩個客人。祖太沒錢，所以身上的灰布衫上下左右中都有縫補痕。賣風箏的人沒錢，所以脾氣不好，恆常對自家他家的小孩板著臉。校長沒錢，所以一雙皮鞋穿七八年。升旗典禮後校長講話：台灣人口已經滿一千萬，大家要努力升學，將來做個社會上有用的人。嗯？有用的人是不是指有名有勢的人？小學生私下爭執，作出結論：社會上最有用的人應該是總統、副總統、行政院長、部長、省主席、縣長、省議員、洪一峯、文夏、吳晉淮、陳芬蘭，還有，人人能夠隨時拿牛奶當開水喝的美國的科學家富蘭克林。

富蘭克林在下雨天放風箏，發明避雷針。老師說了這個故事，特別提醒注意：下雨天別去放風箏。那用成語來形容，就叫畫蛇添足。平原鄉下小孩，深知雷電之厲害，雷擊大樹或農夫，時有親見耳聞。何以農夫易遭禍？雨再大，捨不得擱延田事，如常赤足舉鋤除草排水，因此。

初中生認為，效法富蘭克林沒什麼危險。小孩們受到鼓舞，夥同到荒郊見證破天荒的實驗。雨絲細細，風氣疾疾，初中生以橡皮筋串長三十公尺，替代針車線，風箏迅即升起，閃電在海角天邊急躁亮開，接著天邊海角緩慢隆響。小孩們躲在小土地廟的低簷下，張口喘息，每當閃電亮開，齊一哇喃，每當雷聲傳至，齊一唉喲。初中生玩弄許久許久，果然沒事。

倒是有人為了拾取風箏而受重傷，在大晴天。市街旁有電線桿，樹幹去皮，外塗瀝青，原是滑溜難攀，年年雨洗日曬，輕易可猱上；少年相中幾隻掛於電線上的風箏，扳弄一陣，瞬間身體落地。大人們猜測，徒手碰觸了漏電處；小孩們則幾分明白，反覆扳弄也許就貪圖那些棉線，有小孩在當場，見到少年被抬走時手握一團看來很長很長的棉線。

針車棉線與棉布都值錢，一絲一片不能浪費。天主教神父和氣有禮，會說在地話，腔調平平：慢慢來，人人有，排隊排隊，耳孔打開聽哦，麵粉攪水揑做丸，煮炸攏總好吃，布袋也真好用，做衫做褲好穿喔。高中生腦筋多，拆開麵粉袋，大手筆浪費，做了一隻無人經見的風箏。幾十個小孩注視著，風箏醉酒似的爬起來，半空中，兩隻手緊靠兩面國旗，交握於風箏正中央，右翅是中美合作，左翅是U.S.A，兩尾如燕；如鳶如燕飛飛飛飛飛飛飛飛飛飛，四方掌聲迭起。轉眼，忽焉斷線，四面驚呼連續；風甚大，風箏上之下之，偏不落地，搖擺上下飄飄飄飄飄飄飄飄飄，終於不見。小孩們嘆氣復嘆氣，抿唇離去，足足一領衫的棉布哩，多麼可惜。

人生總有些小孩們無言以對的時候。小孩最清楚老人的慈心，一般而言，當上阿公阿祖的老人，面對小孩時概皆好性地，做了高祖呢，那簡直賽過廟裡的神，求什麼都會給。小孩們商量，找高祖做大風箏吧。高祖九十五歲，精神還好，年輕時跟日本軍隊正式刀槍決戰過，聽說擅長在山區以各種風箏天燈報信；六十歲那年，日本官方頒給一枚獎章，高祖拿去掛在狗項上。所有遠近鄉鎮的人全稱之為高祖，不得呼其名，約定俗成，未聞有違。高祖坐在竹棚內的竹椅上製作竹凳竹籃竹筐竹篩竹桌竹架竹笠，話由鬍鬚縫中輕輕流出：欲做風吹是否？做若大？抹什麼圖？形什麼？小孩們合議後稟報，高祖答應了。小孩們一天等過一天，等過一天又一天，一天又一天等過；某一天，大人們說，高祖走了。小孩們齊至竹棚，啊，老天老天老天，一隻大人形風箏掛在角落的竹篙頭，眉眼耳口鼻尚未標點，雙手分出十指，腳上已畫布鞋。

悠悠蒼天，謂之何哉。到荒郊野外放風箏時，小孩們不免多看塚仔埔幾眼。抬頭四望，天幕水藍水藍，雲朵粉白粉白；田傍著埔，埔偎著田，苔痕上碑綠，草色覆墳青；溪畔有散列大榕，密葉亮綠亮綠，苦楝散排立沙岸，疏葉明翠明翠；沒有盡頭的平原，大日頭下，遠方零星的紅瓦白壁特別顯眼。風箏乖乖的飛，翅尾不曾小歇。小小孩牽著線頭歡呼吼叫，大小孩合吟最新的歌，舊情綿綿、孤女的願望，日本演歌的調子，緩慢、傷感，很適合常受棍棒的小學生唱。老師說，大人也說，人生像風箏，飛得再高亦得記住總有一天要回到地面，人要懂得惜情念舊。是什麼意思呢？小孩們三分知道七分不懂。風箏離手便升空，收線後再放開，一樣升空，只要有風；人不是該龍騰虎躍鷹揚鳳翔嚒？上學不是為了日後飛到遠方過好日子嚒？大人們不都在地面上奔走尋吃食嚒？這與螞蟻有很大不同嚒？……算了算了，打個電報給已在天上做仙的高祖，小紙片寫小字：「拜託保佑考上初中，謝謝。」電報順著棉線滾轉滾轉再滾轉滾轉又滾轉滾轉，達頂，高祖收到。

——刊載於二〇一〇年六月二十七日《自由時報》

燕窩記

通常家燕不在離地過高或沒有遮蔽的牆面樹上築窩，有三大原因。其一，避免遭到風雨吹打，蛋或雛的安全列為首要考量；其二，主食昆蟲泰半低飛，窩高沒有必要，低些，出門捕捉時較方便；還有，老燕必定要顧慮到，將來兒女學飛，窩高則危險。

幼燕初初學飛，雙親既果斷亦細心，然，幼燕與稚童相同，各有個性，膽量有別。個性乾脆而帶點傻氣的，被父母以喙以頭猛然頂到窩緣，往往前後左右搖晃，試圖站穩同時回頭一看，似乎馬上了然命運了，於是無勞再催，堅定勇敢跳下。膽小謹慎而彆扭倔強的，總要死命抓扣窩隙，待到長輩火大，加力驅趕，明明身體大半已在窩外，雙爪還不放鬆，唯無力久撐，不得已這才驚叫三幾聲正式滾開舒適圈。那麼，幼燕會因被迫倉卒學飛而跌死嗎？不太可能。窩低，安全，又，幼燕離窩時必定有風，那是老燕依據自己昔日的記憶而精選的良辰吉時。幼燕跳出來或滾出去之際，本能立即張翼，風則順勢扶助，短短數秒，幼燕便完全明白什麼叫做飛行。靈機一動，瞬間開竅，就是這個意思。

明白飛行原則是一回事，接下來的練習是另一回事。幼燕練習時，老燕會示範幾次，選擇低樹枝，上下來回；幼燕撲翅復撲翅，使盡吃蟲的力氣，總算跟上了，停在細枝上，身體似顫似搖，半跳半跌至地上，再接再厲，再接再厲，再接再厲，終於，翅膀增力了，順風飛回窩裡。

飛不回窩裡的幼燕，下場可想而知，淘汰。人亦是。有些年輕人，不受教，講也講不聽，聽也聽不懂，懂也不相信，信也不實行，行也不能耐，耐也不持久，久也會嫌煩，煩了就放棄，放棄便完蛋。年輕人欲遂高飛之志，最好把翅膀練結實，機會如風，別老問風從哪裡來，風總會來的。

無論風大風小，幼燕訓練及格後，老燕開始領飛了。由此起，幼燕的自來食階段告終，肚子餓，得跟著阿爸阿母去找飯吃。燕群掠食真是業精於勤，自強不息。人之懶惰者，舊代老者常責曰：有夠笨憚，早怕凍露水，晚怕遇到鬼，還想吃飯？燕子欲填肚子，不惜沐甚雨櫛疾風，特佳飽餐時段，在於日未盡月將升。向晚猶朗朗，薄暮未冥冥，昆蟲們急著透氣乘涼，四處鑽出，燕群乃銜枚疾至，小型戰鬥機上裝有天然雷達，互不重疊路線，低空輪番掃蕩，弧形升降，線狀迴繞，一邊吃一邊玩，隨意快慢，自如。斯時景況，宜攝成影片配以華爾滋舞曲。看過燕群同時覓食，始得領悟勤有功戲亦有益，始得明白三字經的嚴肅教訓不合常情常理。

燕子從不肯蹲在地上用餐，這一點，跟蝙蝠同樣，牠們都實在稱得上吃相優雅。比較，麻雀的吃相不怎麼優雅，跳一跳啄一啄，神色倉皇，行動匆忙。人若是那般，三歲以前必患胃潰瘍。平平是小飛禽，燕子討人喜，麻雀惹人厭，為什麼？利。利字帶刀劍，相犯便翻面。麻雀機關算盡攫人之食，人乃算盡機關奪雀之命，無關乎誰太聰明，都只為了順利活下去。順利，順遂利益。燕子不與人爭勝，他們也許深知寄人籬下的保身道理。可是，人類其實自私自利，講道理只是嘴巴講道理。七彩鸚鵡何嘗得罪人？人卻擄來換錢幣，理由，美麗。晴雯被王夫人趕出賈府，罪名就是美麗。襲人像燕子，長相普通，有點伶俐又不太伶俐，所以生活順利。順利，順從得利。王夫人究竟是老鷹，處於食物鏈上層，金釧一時忘情鶯啼兩聲，走音失調，落得遭辱投井。那，誣指寶玉欲姦金釧的賈環呢？毋庸再議，麻雀一隻。

單獨一隻燕子能夠撐起一個家嗎？可能。有好事者愧悔自白。一日，清除燕糞，忽起惡心，戲持彈弓擊簷下燕，燕方哺雛，中彈，亡，另燕如常出入，雛長成，秋，合家去。自是，好事者屋外燕窩空置三年。復春，雙燕來，喜甚，立窩下仰望，忽覺水滴左眼，揉搓之，則燕糞也，隔夜目大腫，視茫茫，急就醫，半痊，終不癒。好事者疑為當年另燕復仇，逢人便道，聽者唯忍笑耳。一落拓寒士聞之，教曰：日誦祕咒百回則可。好事者請問咒語，寒士翻書凜然曰：咒語如此，仔細聽，燕子孤飛眼乍新，睢陽風日可憐春，細推湖海同為客，漫住亭台莫避人；穿壘銜泥終物性，南來北去任天真，處堂一慟堪千古，對爾題詩會愴神。好事者抱首呢喃：你到底在唸什麼啊啊啊。

燕子講鳥語，人稱之為呢喃，其實就只是說話輕聲；雞鴨講鳥語，人視之為聒噪，其實就只是說話重聲。物種不平等，此即小小明例。天造萬物，論不得公平與否，生做牛，該犁田，生做豬，該被吃，類推。再細推，雞鴨鵪鶉生蛋，人立即偷走，燕子生蛋，粒粒皆得留。鳥生至此，天道寧論，怎麼說才好？燕夫燕妻說話，確實語調柔和，近似吳儂軟語，雛燕楞啼則差不多像香港人吵架。香港人幸勿以為忤，吵架本該吼叫，氣勢強始能壓制對方，像蘇州人那樣斯文是不行的。蘇州人吵架，一方質疑：倷自家心浪勿舒齊呢？勿要扳倪個差頭囁？一方回應：倷麼嘤嘤喤喤鬧勿清爽哩，阿有啥個趣勢麼哉。這語氣，直如台灣人尋常問候，一方問：食飽未？何去耶？怎樣這久毋來鬥嘴？一方答：食過矣，去嘉義，轉來與爾拼棋相殺。氣勢，雛燕討食但憑氣勢，嘴巴大得出奇，也許賽過頭顱，仔細聽辨，喉音較多，偶爾夾帶兒音捲舌音，這可能與父母曾寄居於北方有關。

關於天真物性，是了，天賦真情，物各有性。燕子被許多人當做祥鳥，烏鴉被許多人當做惡鳥，雖未盡然，刻板印象難免。倒是有個巧合，燕烏二字，造字者極可能都特別上心創作。烏身黑到連眼睛都不明顯，那就是烏；燕字則幾乎完全象形，喙中還啣著一支草或一條蟲呢。狗是人類的忠侶，照理該好好圖其形，卻如何？犬字簡直隨便畫畫，勉強辨認，咦，一耳豎起。所以，人，寬心些些好過日子，不然，舊代老者必訓曰：落土時，八字命，若欲博，擔輸贏。這句話一半認命一半反。李甲狠心賣掉杜十娘，真正薄命天注定，為了博千兩銀，輸去無價的紅粉知己，也沒那個命享用三箱無價珍寶。唉，斯人也而有斯疾也，斯人也而有斯疾也。疾，此處指性格缺陷也，同寡人有疾之疾。

大部分的禽類都好色。燕子一夫一妻，彼此忠誠，這是人類眼見為憑，推想概括。所謂燕燕于飛，只是浪漫的心理投射，期其然，期其永久然，類如祝禱。俗習，讚美新婚，輒致頌詞云：鴛鴦水鴨隊相隨。好意與美感，本無需科學方法解析考據，追究蒙娜麗莎因何微笑，等於俚語所謂閒到抓蝨母相咬。事實，與鴛鴦一樣，燕子夫妻過了生養期很快就會勞燕分飛。勞，非伯勞，是感情疲勞。但是但是，沒關係，燕燕于飛不妨照樣飛下去，飛到天荒地老飛到海枯石爛。

風水地理師之類人，往往自言術比金石堅，通曉天地玄機，談起來口沫橫飛，夠厲害的話，可以橫飛到海角天邊。道是，燕子在屋簷下築窩，表示此屋地氣旺，拆之，屋主運勢將衰。信者，置人工鳥巢於騎樓角落，招祥，有燕應召則歡欣，無燕應召則怨怪。這情況，城市商家尤其常見，商家求祥唯一用心，生意興隆通四海，財源茂盛達三江，畢竟，賺錢就好，管他是什麼鳥。

一落拓寒士，深知此中人性，乃作燕窩記以釋。記如下。寒士問燕：燕，不遠千里而來，將有以利吾人乎？來則必先審視地勢起伏耶？必擇貴氣之宅耶？必以祥瑞回報居停主人耶？果然，願聞其詳。燕再拜而起，徘徊復徘徊，乃開喙言：人何必曰利？亦有自然而已矣，北方酷寒之季，蟲眠，無以飽腹，則南遷，燕以食為天，計唯一，相蟲多之處耳，君試檢之，吾輩居鄉村僻野者多，居大城鬧市者少，若人類所云屬實，豈非城市地氣薄而村野地氣厚？豈非陋屋貴而華樓賤？吾輩禽類，天生之，天養之，天殺之，自身無可奈何，何能代天酬人？多謝人類善待，不驅不烹，此所以歲歲願來也，吾友紅尾伯勞，一度不敢來，懼鼎鑊也，今既得獲護保，供人觀賞，人亦藉勢取財，互惠也，論祥瑞則遠過燕族矣，復一語稟知，吾族金絲之窩，人類恆奪之，昂值售，購者視為珍饈，殊難解，吾輩之巢亦常遭拆除，實無恨，無非泥草，另築便是，但未嘗致衰任何屋主，煩請明鑑焉。寒士揖而送燕，燕呼同伴告辭，翔去，差池其羽，頡之頏之，上下其音，寒士遠送于野，佇立以泣，直至瞻望弗及，踽踽歸，歸作燕窩記。

燕窩記中的那種珍饈，上等品級，半公斤價等一個初就業的大學文科畢業生一個半月薪水。然，滋味營養超凡嗎？天曉得，吃的人也曉得，大家卻都裝做不曉得。俗諺，瞞則瞞不識，識則不可瞞。可又，這茫茫人海渾渾人潮，幾人是識者？燕窩魚翅是一餐，滷蛋麵條也是一餐；百坪樓房是一盒，十尺土屋也是一盒；巧取豪奪是一生，澹泊自足也是一生；有人時時展不開眉頭，滴不盡相思血淚拋紅豆，有人日日捱不明更漏，嚥不下玉粒金波噎滿喉。人心不同境遇不同，最好互不相諷。也有人，總這麼問作家：文學有什麼用？哎，是呀，文學比菸酒還無用，但，燕窩有什麼用？

燕子戀舊窩，應該屬實。還真有閒人做了一件閒事，證明燕子愛故居。該閒人曰：古人剪燕爪以試，越年驗之，果去歲燕，然不可盡信書，當親為。夜半，閒人探窩握一燕，套銅環於燕足，復納入，其後日日細察，燕無異態；又春，家燕再來，審其足，環仍舊，大呼奇異，囑一落拓寒士曰：君其記之，一飯相酬。寒士乃作一文發表，題為燕子情，稿酬戔戔，買米飯小有餘，買燕窩則大不足，實，自晉朝太元中武陵漁人出桃花源後，稿酬即未曾調升也。閒人邀飲於市，閒人醉，數嘆曰：人而如燕忠誠者幾希矣，然乎？寒士曰：大千世界無聊如君者幾希矣，然也。

然，該寒士亦閒人，家居環堵蕭然，晏如也，好讀書，不求甚解，常作文章自娛，身處二十一世紀，不知有元，無論明清，蓋無葛氏之民也。平日，一頓飯，一頓粥，居陋屋，人不堪其憂，彼則不改其樂。親舊學生知其如此，或置魚肉而招之，造食輒盡，既飽而退，曾不吝於言謝。且著意養魚種樹觀鳥，長年錄記住家附近燕窩數量，多則喜，少則疑。或問何以，曰：此中樂，不思蔌。又問何意，曰：樂至於不常想到吃飯也。再問何故，曰：勤有功戲亦有益，讀書寫字養魚種樹觀鳥都是嚴肅的遊戲。人嘲為癡，躊躇久乃曰：噫，蠢拙固本性，但得一悟，伏請三思，世間幾度秋涼？看過幾次燕子來去，人也就老了。

——刊載於二〇一五年十二月三十一日《聯合報》

海角相思雨

觀海，宜獨往，忌夥眾，夥眾則無安靜閒適之可能。不得已而必要一伴，應慎選，知心者上佳，素性寡言和善者次之，能暫時忍耐不滑手機者又次之，其餘皆莫使知之。萬一不察，誤結為伴，至則拍照上傳臉書且時時查看何人按讚且賴來賴去且戴耳機講電話且沒完沒了者，當立即溫言勸其離開海邊，同去吃海產，精選價昂料理，大嚼之，並用心設計讓伊付賬。海會一直在的，下次再來就是。準此，已成觀光客集散區之地點，避得愈遠愈好，最遠最好。害怕孤單寂寞的人，至少兩事不宜，寫作與觀海。

北海岸頗宜觀海，有路而行人少，有車而不鬧吵。必攜傘，遮陽擋雨。沿公路漫步，山一邊，海一邊，人安步在中間。山，萬千年正正經經自坐禪，海，千萬年四平八穩當蒲團，人，望望海望望山，沒事且念一段六祖壇經坐禪品，默誦出聲都可以：此門坐禪，元不看心，亦不看淨，亦不是不動，若言看心，心原是妄，知心如幻，故無所看也，若言看淨，人性本淨，由妄念故，蓋覆真如，但無妄想，性自清淨……念是這麼念，心是淨不了的，其實只想領取而今現在，且喜無拘無礙。也可以亦行亦吟，吟薩都拉的滿江紅，吟李白的清平調，吟吳濁流的過新埔橋，數百公尺前後，空落落，暫時解放，不需計較與安排，自歌自舞自開懷。開心啊，奔離人口密度特級高的區塊，把盆地內的騰騰塵霧沸沸人聲都拋得一乾二淨，多好。

想停下來仔細賞海，就任擇一片空地，岸上的岩塊、岸下的斜坡、臨水的礁石、防波的堤頂，都行。側臥半躺蹲踞平坐，隨意。那麼，季節氣候呢？四季晴雨無論，老天做主的事，人躬身接受，沒得爭的。

初春，海風如刃，銳利往往賽過冬寒，直刺入骨，此際，不宜靜待一處過久，偶爾喝幾口黑糖薑汁較好。春浪通常平和，溫度較低，嘗試赤足迎浪，冰涼自腳趾直達腦門，快速若通電流。大約三月初燕子來到後，海水海風才會收斂冷冽。太陽極少在初春露臉，他也怕春寒吧，所謂春寒料峭，應只適用仲春季春，初春真是不能只以微冷來形容。仲春之後，太陽從雲棉被裡探出頭來的次數稍增，而即使燕子已至，雲也總是灰灰薄薄勻勻鋪滿天，幾無一絲空隙，與天一體，輕柔地貼吻著海，兩個大平面的交會處同一顏色，小漁船的藍紅白漆因此特別顯眼。浪稍大時，船身起伏頻繁，往往隱沒一半後隨即整體浮現半空中；浪較小時，船身總似久久釘住一處，用雙手拇指食指框成四方形，對準看上去很像靜物油畫。然，油畫畫不出海的顏色光影層次，極寫實的也不過是精緻一些的寫意，這也許可以解釋何以中國水墨畫鮮少試圖刻繪準確的具象，清明上河圖使用透視構圖技法，是少數的例外之一，但，畫中樹屋人似乎都沒有明確的光影層次感。再但，天工之巧，人力無法奪之，追求百分之百真實做什麼？能將萬億立方公尺的海濃縮於三十號畫布中，雖不是真實卻是藝術。而，直接面對海也是藝術，生活的藝術，偷閒的藝術。

春夏之交開始，海有了唐詩的藝術美感。農曆十二三日至十七八日，月亮肯見客的話，春江花月夜的氛圍就會出現，將海想像成江河就行。海上明月共潮生，何處春江無月明，江天一色無纖塵，皎皎空中孤月輪，不知乘月幾人歸，落月搖情滿江樹。月下倚石伸足，潮音呵呵哈哈嘩嘩嘎嘎，思緒隨著水波來去，想從前想現在，根本不用想未來，未來總會來，那就恬然等它來。

想從前。從前，有個鄉下小孩，愛看月亮星星，老祖太教認星星，怎麼樣都記不牢，祖太考試了，這是什麼星？不知，那是什麼星？不知。祖太問：猴囝仔，爾認得哪一粒星？小孩指著弦月，祖太急急撥開：莫使得手指鐮刀月喔。祖父笑道：阿母迷信囉。隔天，小孩玩戲被另小孩的竹劍割傷耳朵，祖太心疼怒罵祖父：猴囝仔，爾自細漢時就不聽話，昨日嫌乃娘迷信，看，這是迷信嗎？……從前，有個鄉下青年，遠赴首城讀書，畢業就業，賺了錢拚命買東西，渴望填補昔日的缺空，錢不夠，想辦法取得，於是忙啊忙啊，忙到沒閒情常看童少時最愛的月亮了。好女孩說：忙賺錢也要懂休閒，身心平衡較好，到郊外看月亮吧。青年不耐煩道：月亮像肉餅，有什麼好看的。女朋友交過一個又一個，一個離開又一個。某日回鄉，與母親論及婚姻事，笑談女孩的好與肉餅比擬，母親沉吟久始開口：蠻皮囝仔，爾錯了，伊才是對的，趁錢有數，好婦難求，淺見，為小失大，讀冊無非明情理，自己更再想清楚……從前從前……從前從前……

現在，海浪與百千萬年前一樣時時擲起白花，有些白花頂端垂勾，好似打了個問號。該問問月亮：照過幾百代人了，有沒有發現，最常抬頭凝視妳的，兒童老人占多數？而年輕人總是時時低著頭想在地上撿到小銀幣，卻慣性忘了抬抬頭看看妳？……

現在，遠遠近近的問號沉失復浮現，浮現復沉失，月亮依然明亮，依然照著歲月，永遠年輕氣盛的吳剛一定仍在伐桂，他是在對付永遠砍不斷的欲望，欲望是有了缺口便會自動彌合的人性枷鎖……，現在，啊，毛姆，你是對的你是對的，明白了你是對的。

酷暑，若不願被盆地蒸籠蒸得鬆鬆軟軟，到海濱去就對了，同時放風箏尤佳。海面金光爍爍，船桅忽高忽低，頭頂長空水藍，耳畔濤聲厚重，立巨礁上，人拉扯風箏，風箏拉扯人，收得回來就盡力，收不回來放晦氣。歇息，坐看蒼狗互相追逐，跑步快的翻個滾迅即變形，跑步慢的被趕上撲住，一群玩過，一群接替。臨岸偶有汽車經過，不能妨礙望雲沉思。沉思復沉思。流年不是暗中偷換，是公然盜劫來了。明明幾十年前的日常印象猶然清晰，明明眼珠好似只轉了幾十百圈而已，一萬多個日子就白白被搶走了，兒童就頭髮白白如菅芒花了。兒童到海邊，沒那個耐性看海，海有什麼可看呢，玩海比較合意些，追著浪跑或是被浪追著跑，午後突降雨，更加興高，這個唱那個和，雨聲吧吧吧吧吧，潮聲喝喝喝喝喝，天然的伴奏音。西北雨直直落，白翎鷥來趕路，翻山嶺過溪河，找無藪仆一倒，日頭暗怎樣好，土地公呀土地婆，做好心，來帶路，西北雨，直、直、落；西北雨直直落，鯽仔魚欲娶婦，鮎呆兄拍鑼鼓，媒人婆土虱嫂，日頭暗找無路，趕緊來呀火金姑，做好心，來照路，西北雨，直、直、落——。潮水直直衝上，潮水直直奔下，矮小的兒童衝上奔下，面向海、背向海，背對海、面對海，反覆追逐，水在搖，漁船在搖，菅芒花在搖，大人的手在搖，心海波濤也在搖，咦，哦，海底有寶藏嗎有龍宮嗎有蝦兵蟹將嗎有美人魚嗎有孫悟空的金箍棒嗎？戲遊累了回到家，沉沉睡去，夢中還在找尋海盜丟下的金銀珠寶……。漲潮了，流水暗中偷溜到腳旁，思念如雨，打濕了回憶的線頭，啊，少壯幾時兮奈老何，一番歸里一番老，記不起從前杯酒。常言，少不看水滸，老不看三國，頗有道理，老來看三國演義，總要再三嘆息：彼何人也，予何人也，有為者亦若是，惜乎老矣，雖尚善飯，做不成書中英雄矣。眼前這浪花，這無情物，也參與了大自然劫掠人間歲月的陽謀吧，想必是想必是。

可是復可是，想想復想想，那又如何？人生與浪潮極相似，一代啼哭去一代啼哭來，同一個太陽看著，同一個月亮看著，熱眼冷眼看著，日月視人猶如人視螻蟻吧。就是啦。朝菌不知晦朔，蟪蛄不知春秋，此小年也，楚之南有冥靈者，以五百歲為春，五百歲為秋，上古有大椿者，以八千歲為春，以八千歲為秋，此大年也，而彭祖乃今以久特聞，眾人匹之，不亦悲乎。想到無可再想，結論還是那又如何，人生苦短，老套語了，既然無可如何，緊緊記住曾經的美與好吧。

美好，是的，美好。美好很難定義。某些人認為美好的人事物景，某些人會認為醜壞，反之亦是。或譏曰：海根本不好看，不就一堆水嗎，髒髒濁濁。是，你當然可以認為海的長相不好看，但請教，大海為什麼要長得好看給人看，為什麼人不長得好看給大海看？又或譏曰：窩在沙發上看連續劇吃零食才好呢，特地花時間花力氣花金錢去看海，神經病喔，吃太飽喔，多愁善感喔，文學系的浪漫喔，感冒怎麼辦跌傷怎麼辦掉進去怎麼辦？逢此等，須偽裝恭讓，偽造誠懇，偽敬答曰：實在一語中的，像這樣有見解知務實的人，五百年始得一個，換句話說，自明萬曆十五年以來，僅尊台一人。此等若聞言而見笑轉受氣，復譏，無所謂的，等閒事，大可再拜頓首然後太史公牛馬走，牛馬走的非正宗釋義是牛奔馬跑，意思即快逃開。

看過颱風天的海，始知何謂千軍萬馬。黑色戰雲壓覆海面，綿綿滾動扭轉，天不見了，天啊，要革命了要革命了。浪波急行軍，水兵前哨先至岸沿打探，一排一連前後不停換班，低聲，吓吓吓吓，然後，風吹響號角，虎虎虎嗚嗚嗚，雨急擂戰鼓，剎剎剎豆豆豆，水兵一橫隊接續一橫隊，以人海戰術衝鋒，殺伐之氣凝重，刀光劍影閃爍。水兵亟欲登陸，吼吼吼吼吼撲上，守方的岬角最先受到突襲，岬角鐵著一張鐵色的臉，堅定抵擋敵方毫不留情的猛攻，半寸不讓，水兵生氣了，拚命爬雲梯登高，合力擄走那些為岬角搖旗吶喊的樹木，退下，另梯隊再攻。岬角周邊的海岸，由礁岩與消波塊負責防守，水兵整營整旅直接跳過他們的頭頂，打上陸地，隨手劫掠一些土地，轉身便去。水兵軍團部署嚴密，調度有序，訓練有素，進退不亂，前鋒部隊衝殺一陣，主力部隊出動，攻勢加強，守方甚至失去公路地區，臨海的山，也被雨兵打得傷痕累累。雨兵是傭傭部隊，幾十萬幾百萬的連續投入包圍戰場，腳步聲噠噠噠噠噠噠；風兵是運輸部隊，幾十公里幾百公里的時速持續運送雨兵，運輸車聲咔咔咔咔咔咔。軍團司令的轅門設於墨黑的雲幕後，幕府占據整片天。誰發動戰爭呢？猜是老天，老天閒著也是閒著，操兵練將一番，順便把人寰的汙穢之氣清除清除。

還好，颱風不可能持續一整天，要是清掃得太乾淨，想來人類的氣管肺部將難以適應，人類吸髒空氣非常非常非常習慣了，那跟抽鴉片成癮的差別很小，戒斷或許反而糟糕。

颱風離去，平日常見的漁燈很快就會重現海上。賞漁燈，春夏秋冬都可都佳，與登山賞星同，碰運氣，多寡沒一定，究實也與處世同，半點不由人，萬般都是命。漁燈像海上的螢火蟲，一點一點又一點，左右上下移動，要辨別遠近，可採三角測量法，位於三角連線尖端的最遠，兩邊斜線上方的次遠，兩邊斜線下方的又次遠，靠著底線的較近，底線下方的最近。畫線很簡單，以三樹枝交成三角形。漁燈，未必是聚魚燈，泛指。除非月光幫助，肉眼是看不出船身的，而三角測量法經常也會失準，燈晃來晃去，有時抬升有時壓降，乃造成視覺誤判，大致，準確度多少繫乎海浪高不高興，海浪高興了跳起舞來，漁燈前傾後仰，三角線就脫線了。但沒關係，賞燈不用講究嚴謹科學，當做在看如露亦如電的夢幻泡影便是。這麼說會不會太玄了呢？或許不會，也可能會。

飄著濛濛雨的秋冬兩季看海，那就真是帶有些些哲學意味了。山朦朧海朦朧心朦朧，最宜誦詩，高誦名人作或自作都不妨，尤其是冬季，非假日，方圓兩三公里內，人貓狗不見一隻，那就再次領取而今現在。秋風秋雨頗相宜，萬水千山木葉飛，堪笑靈雲回首處，何須花發始忘機。來歲回鄉種百花，不讓閒客知我家，秋露冬雨自澆菜，棚下坐看鳥啄瓜。雨緩緩輕灑，朦朧的海面似乎有霧又似乎無霧，遠方船隻忽而罩上極薄極薄的面紗，忽而微露縱橫線條。漲潮時，尋一肯定安全立足處，勿逼近海水，睜眼看著，浪來了浪來了浪來了，哇哇哇，差點就往頭上蓋過來了，浪突然彎腰跌下，水珠傘開，如霧，霧迷眼，霧沾衣，霧拂臉，腳下的退浪聲刷刷刷刷刷刷，心驚卻意未盡，再睜大眼看著浪滾滾滾滾過來，啊啊啊來了來了來了，澎澎澎，湃，水傘張開，眼濕了衣濕了臉濕了。如是輪番玩水被水玩，連存款剩餘四位數的苦惱都會忘記的，但要記得，當立足處前邊的低礁即將沒入水中時，應及時撤退，晚些就不行了。

秋季的天空，雲量雲形之多往往勝於夏。秋風起兮白雲飛，草木黃落兮雁南歸，那是北國情調；在南國，情調是雲想衣裳花想容、金風拂面溫意濃。有點熱但不至於炎熱，所以，岸釣的人多，岸釣能釣到什麼魚？什麼魚都可能，喜好岸釣者曰，曾釣得兩斤重的黑鯛，真的假的？毋需計較，觀釣不語真君子。膽量夠大的話，攀到岬角高點下望，岬角旋轉處的水有時靜謐得不可思議，各種魚會在那裡游動覓食。然，攀上岬角低點、小礁岩、消波塊，都逼近海水，極不妥，秋冬較常出現瘋狗浪，突地迅猛而至，幾丈高，人是完全不堪一擊的。危機總是潛伏於平靜祥和底下，觀海者岸釣者都須牢記這句話。

海釣是另一回事。熱中於海釣者，各行各業皆有，晴雨日夜皆可。內行者曰，一旦集體出海，眾生平等，開車賣椰子水的菜市場賣豬肉的與公司經理人政府官員排排坐，釣具也許彼此分出貴俗，炫耀或嘲笑則不當，這是潛規則，誰曉得誰脾性如何，萬一有人烈性發作，茫茫大海，真無處躲的。人該常去觀海或偶爾參與海釣，讓海的溫柔軟化那已被現實砥礪出來的硬心腸，讓海的暴虐作為借鑑映照那殘酷的過激言行，讓海的大度啟發那久受科技文明冰鎮的原生情懷，讓海風吹掉壞念頭，讓海水洗掉壞脾氣。純揣測，太宰治好像脾氣不特別好，自殺還要找伴，包括跳海。但是，此君確是難得的才子，文學讀者們該慶幸他第一次投水被漁夫救起，否則如今見不到任何一本他的作品集。再揣測，漁夫應是住在鎌倉小動岬附近的漁村。

漁村總是緊貼著天之涯，小，寂寥，草尖搖，風到處跑，沒見幾隻鳥，魚乾吊掛不少，門壁油漆起皺了，樹葉總有些黃褐焦，雞鴨遠近高低聲啼叫，入耳盡是洪洪洪的海潮，安安靜靜被遺忘在地之角。

想跟漁夫閒談，去漁村反而機會少。白天，村中泰半老人婦女幼童，就算遇見沒出海的青壯，他們不閒。幸運些碰上一個閒著的漁夫，聊聊是可以，他一邊聊著一邊滑手機，與同業互通訊息，每隔一陣子忽然重新發現你。更幸運些，一個漁夫肯認真說話了，他談選舉治安社會國防經濟外交教育，就是言不及捕魚。極幸運，終於一個漁夫大談捕魚了。有一天，在近海作業，撈起一網小魚，其中一尾小魚，嘴裡含一枚古代西洋小金幣……另一次，撈起一個五尺長寬的鐵箱，裡面塞滿宋朝瓷器……最奇的是三年前生日那一次……，聽者簡直比似啞狗啃到青檸檬，叫不出的酸苦，可是，起意無回大丈夫，自找的，只得忍耐又忍耐，直至太陽咬了海面一口，漁夫才願意釋放聽者，臨別淺笑道：看你樣子就知道是台北客，拿筆的，這故事精采，回去寫出來，趁稿費喔。

下回，去別的小漁村試試運氣。海水會轉彎，海風會轉向，運氣豈會不轉化。無論天涯地角，找，總要找到好故事，若不欲寫出來換潤筆，於天理而言實無甚所謂，若全盤寫出來摸些錢，於人情而言也無可厚非。

入夜後的漁村，如一座孤城，蟲鳴唧唧唏唏急急促促，正是，聽夜深，寂寞打孤城。獨行小路上，千念萬想無端湧出，如礁石間隙的漩渦泡沫。心海有船隨浪起伏，腦海中，童年青年中年時的片段印象雜亂交替現影。老了，卻返回年少似地多感，開心傷懷不定，動輒思往事，咦，怎麼回事？老來偏喜看海，這事，嗯，老人與海？已至聽雨僧廬下的人生階段了，啊，山坐禪海蒲團，不坐禪卻愛蒲團？外於一切善惡境界，心念不起，名為坐，內見自性不動，名為禪，善知識，何名禪定，外離相為禪，內不亂為定，外若著相，內心即亂，外若離相，心即不亂。唉，這般境界，料是單單六祖到得了，凡夫念經，心癢處總搔不著，矛盾互攻，如何是好？

漁村裡唯有浪潮與電視連續劇的聲音，這家一聲朕，那家一聲皇上。慢步漫想，想到須得返回紅塵翻揚煙霧飛撲的盆地，滾過來滾過去過日子，沒有完沒有了沒有空，但又束手無策，悲涼。往海邊走吧，獨處海濱其實不寂寞，海說得出無聲的千言萬語，海聽得懂有意的千言萬語，世間幾多如斯知己？耳畔盡是聲聲呼喚，起伏海聲恰如好哇好哇好哇來乎來乎來乎，哦，聽到了聽到了，好啦，馬上來啦。

——刊載於二〇一六年七月二十八、二十九日《聯合報》

文青都馬調

一九五〇年春，一個未來文青出生在很優的嘉南平原，平原上有個很優的小城，名叫新營。未來文青的天資不是很好，長相很是不好，家境是不很好，但父母皆好，母親尤其好。

母親生了五男二女。未來文青，同胞排行第六，男排行第四，弟弟老五曾送給無嗣的家庭領養，幾日後逃回舊家，母親哭啊哭，斷然宣告，無論如何都要養大所有兒女。未來文青首度深刻領會了貧窮之苦，人或嘲之，既不辯解亦不肯求人饒過，蓋天性使然。

未來文青童時，周遭的老者十有七八是清朝人，老者都愛講故事，未來文青在老人堆裡長大，聽到的故事多如貓毛。聽故事不用花錢，甚至可以賺錢，老者若要兒童代買檳榔零菸，總會給一些小錢。識字後，更經常代筆寫信，亦有小利。未來文青知曉勤能補拙，自此始。

讀國民學校，起初對算術科很頭痛。二年級有一課國語，課文是：有一個呆子，趕了十頭牛要到街上去，呆子坐在牛背上，數了數，一二三四五六七八九，一二三四五六七八九，唉呀不好了，怎麼少了一頭牛？呆子跳下牛背，再數一數，一二三四五六七八九十，一二三四五六七八九十，哈哈不少，哈哈不少。此後，方覺算術還有一點趣味。可是，高年級時的雞兔同籠、火車過山洞等算術題，把那麼一點趣味抹除得乾乾淨淨了。

未來文青國校畢業，得家長會長獎。然，考上新營中學初中部後，不停思念離家的父親，性格轉偏，變得不愛讀教科書，喜讀課外書，也喜看歌仔戲布袋戲與野台歌舞表演，許多齣歌仔戲的劇情唱腔都熟，比課本內容還熟。心野了，學業荒廢，被認為是不良少年。一日，母親伸出雙手以示曰：阿母做粗工，你打算將來也要像這樣嗎？那雙手滿布裂線，有的深見裡肉，裡肉紅黑兩色。未來文青初次深刻自責辜負母親。

考上高中後仍然常讀閒書，成績一樣不好。教地理科的是袁家駪老師，聽說與袁家騮先生同輩。未來文青真正成為文藝青年，新營文青。開始寫小說發表在報紙副刊上，用本名，都投《台灣日報》、《台灣新生報》、《台灣新聞報》。彼時稿費千字四十元。《台灣日報》副刊主編是徐秉鉞先生。領取稿費，大部分用來買書。

高三，轉學就讀新營南光中學。文青總算度過叛逆時期，常反省以前所犯的大小過錯，愧有之，悔有之，愧的是對不起師友，悔的是讓母親傷心。除了應付課業，最在意的還是寫文章。究竟為什麼喜歡寫呢？實在說不上來。得閒就到新營神社坐在鳳凰樹下思考。鳳凰花開起來簡直是不要命，幾天內就豁出來幾千朵，每掉落幾十百朵就再開幾十百朵補足，直到力氣燃燒殆盡為止。文青從中悟出，人生一世，就該這樣開花，才對得起老天賜予的稟賦。神社第一座鳥居前有豆菜麵攤，一小碗一元，當時，餛飩麵一碗三元五角。鳥居外有圖書館，借讀了所有館藏柏楊的書，也看各國現代小說、古典白話小說、間諜小說、傳記小說。下學期，偶然聽聞柏楊被捕判刑，也開始更留意國內的文學作家。當年，一九六九，葉石濤先生、鍾肇政先生都四十四歲，朱西甯先生四十二歲，瘂弦先生三十七歲，詩集《鹽》已出版，黃春明先生三十四歲，小說集《兒子的大玩偶》甫出版，王禎和先生二十九歲，小說《嫁粧一牛車》甫出版。

一九七〇年夏，第一次吃荷包蛋吐司。冬，入伍，二等兵月領兩百四十元，每升一等多二十元，按月配給五包國光牌香菸。領了錢多半用來買書。先後駐紮花蓮與澎湖，軍中無聊，看書是最大樂事。幾次站衛兵時在崗哨亭內看書被查到，禁足，最嚴重的一次，老士官班長夜間查哨，偷偷取去步槍，然後現身大罵，隔天，罰全副武裝跑一千公尺，再關廁所半天，另加額外站衛兵兩班，文青帶著施國鈞翻譯的傑克・倫敦《海狼》進廁所，還讀得很開心。排長連長恨透了，視文青為眼中釘，文青也恨透，下決心要上大學讀書讀個過癮。

一九七三年，新營文青就讀東吳大學中文系，聯考數學成績是個位數。認真讀了許多課外書，包括魯迅巴金老舍等等作家的禁書、國內外文學書。買書泰半到光華商場、牯嶺街舊書攤，牯嶺街的舊書攤當時已減少大半，文學書不很多。黎明出版社出版的《慈禧太后全傳》，近六百頁，五折售價十一元。錢不夠用就去打工，曾參與建造東吳大學音樂館、台北中央市場，以童工計酬，也到中影製片場當臨時演員，都扮演難民或群集的路人甲乙丙丁，熬一晚，不論是否開拍，領八十元加一個便當。整四年，山河安穩，歲月動好。

一九七七年，文青在《中國時報》人間副刊發表一篇散文，並正式決定走上文學路。隔年春，瘂弦先生與葉步榮先生特地走訪文青，那是對晚輩的極大好意。不久，進報社，在人間副刊當編輯，月薪五千八百元。經常到重慶南路，買書，不停地買書，讀書，不停地讀書。文友們，都是戰後新生代，多半在三社工作。三社，出版社、雜誌社、報社。平時，一起去看電影、吃路邊攤、聊天，之外沒有可供娛樂的場所。西門町有咖啡店，文友戲稱為礦坑，裡面暗如深山黑夜，須得有人帶路進去，沒人帶路也出不來，帶路者拿手電筒。

上班外的閒暇，文青遊走大台北各角落，當時，基隆路以東，一般人認為不屬於台北，內湖新店土城蘆洲都算是鄉下，三合院很多，農田很多，樹木很多，青蛙蜻蜓很多，大小型墳場很多。

文青不太喜歡與女生來往，因為覺得實在很麻煩。老母頗擔心，特地押解女生到台北來相親，選在西門町萬年大樓。但沒有一個女生喜歡文青，盡作罷，文青則很慶幸。

一九七八年，「吳三連文藝獎」創始，分文學獎與藝術獎兩類。第一屆文學獎得主是作家姜貴、陳若曦，藝術獎得主是畫家吳隆榮。

一九八一年，文青出版第一本散文集《唱起唐山謠》。一九八二年，文友洪醒夫辭世，三年後，文友鍾延豪辭世。一九八三年，由林海音、鍾肇政、葉石濤、鄭清文、張良澤、李喬等文壇前輩聯名發起籌建的「鍾理和文學紀念館」落成。

文青第三本散文集《綠袖紅塵》，一九八五年與周芬伶第一本散文集《絕美》同時出版。第六本散文集《春秋麻黃》，與向陽第六本詩集《四季》、廖玉蕙第一本散文集《閒情》同於一九八六年出版。向陽屢為文青的新書作序文，一九七九年其長篇敘事詩〈霧社〉得獎後，兩人認識。廖玉蕙比文青早一個多月出生，亦肖虎。周芬伶的手寫字，筆畫有飛揚之氣。

一九八七年，文青初聞台北房價每坪已漲至近十萬元，大驚。

一九八八年，文青不青了，開始進入中年。中年文青（這詞好像怪怪的）已離鄉十五年，經歷了潮流巨浪輪番衝擊，看清了許多美好人事物景終將一去不回，感深嘆長的作品因此增多，筆調大不同於少作。除了回顧昔日小城農鄉歲月，也選擇都會題材，描寫那些變樣的人生、走調的人情、不改的人性。同時確立了寫作「三人主義」原則。

同年，前衛出版社重新出版吳濁流《無花果》、《台灣連翹》。中年文青讀大學時聽過吳先生在日文系演講，吳先生全場使用客家語與日語，聽講時半猜語意半看黑板上的漢字，勉勉強強懂一小部分，請教日文系的同學，方得明白多些，其中一句講詞用漢字寫在黑板上，吳先生指著一字一字唸出聲，是帶著濃重客家腔的北京話：拍馬屁不是文學。

中年文青既努力也愛玩，但一直記得農村老教養，而且不肯輕言拋棄。報社薪水尚可，天天喝咖啡成習慣，適度講究吃穿，喜歡收藏骨董，開了兩次收藏展。常去唱卡拉OK、喝茶、看MTV，把經典電影看個夠，有時會在包廂內寫字。也是台北新生南路紫藤廬茶藝館的常客，紫藤廬是當時文青們最愛去的三大茶藝館之一。已搬家十餘次，搬家就是在搬書。恆常覺得流浪在台北。麥當勞進駐台北已四年。同時，台北興起懷舊鄉村風的台菜店，店內的菜脯蛋與鵝菜，都是一盤一百元。普通自助餐一餐約二十餘元。大學（文科）學歷就業起薪約一萬兩千至一萬五千元，報社新任記者編輯起薪至少兩萬元。

有歡樂也有傷懷、追舊情也追新潮、常自責也常自在的中年文青，陸續寫了許多小城故事與首城故事，並衷心懷念感謝往年的故鄉老者，他們都做仙了，但一直活在中年文青心裡，他們確實第蔭了後輩，只可惜那些講古沒有錄音，否則中年文青還可以寫出更多精采的老故事。

一九九一年，出版第一本長篇小說《秀才樓五更鼓》，就是根據故鄉老者所說的故事改編。同年，《文訊》雜誌社開始編輯新版《中華民國作家作品目錄》，共收錄一千三百餘位作家。

一九九四年，中年文青離開報社，創立寫作私淑班。隔年，遷居中和市，女兒出生，當時中和新建大樓每坪十六至十八萬元。又隔年，初識和美文青王盛弘、高雄文青李志薔。再隔年，初識台北文青嚴立楷。復隔年，初識鹽埔文青鄭麗卿、金門文青石曉楓、高雄文青薛好薰。

一九九八年，出版第二本長篇小說《七情林鳳營》。同年，母親過世。母親晚年，幾次北來，總愛到書房陪著兒子寫字，中年文青總哄騙她，寫字很好賺，一字至少五元，因此她非常放心，她幾十年都信任老四。老四卻自認虧欠她最多，也自認，論起通情達理、堅毅任勞、厚道待人等等優質，都確實遜於母親太多，究實說，不過就是比她多識得幾個字而已。俗諺：五男二女，父母磨到死。中年文青頗為慶幸，俗諺沒準驗，老天沒有讓母親拖磨到死。

二〇〇四年，作家陳浩出版散文集《一二三，到台灣》。他是民國四年級六班生，與中年文青同在新營出生長大，其尊翁是新營中學國文科教師。

中年文青一直持續寫作閱讀與教學。教學，也教也學。陸續認識了三重文青許婉姿、大園文青黃文成、嘉義文青林育靖、霧峰文青賴鈺婷、豐原文青陳栢青、斗南文青廖淑華、新竹文青張郅忻、台北文青沈楷峰、台北文青石芳瑜、台北文青盛浩偉、高雄文青蔡文騫、雲林文青吳婖翎。寫讀教，一秋一春又一冬，女兒高了壯了，上課的新文青去了來了，而，中年文青依然清瘦，過日子逐漸簡化，終至於簡到無可再變化。尋常生活像潮升浪退一樣規律，也像白雲蒼狗一樣不規律，食衣隨便，住行隨意，娛樂隨興，待人處事隨緣。餘類推。天天懸念未圓的田園夢，懸念南台灣的鳳凰花，每想一回即更憔悴一些，所以很快就變老了。

老文青（這詞真的怪怪的）愈來愈少參與無關文學藝術的活動，新文青們若來邀吃大餐或小旅遊則一定撥冗欣然以赴。平時盡量挪時間去健行看海放風箏，有時連智廢型零元手機也不帶。放風箏線長最高紀錄一千五百公尺，看海時間最高紀錄十六小時，單次健行最高紀錄五十公里。學會了電腦打字，並整理存下的手寫稿，裝訂成十冊，仿古代線裝書裝訂法，冊面印一閒章，章刻六字：敬窮神而遠之。

二〇一四年，出版第二十二本散文集《三都追夢酒》。至此，老文青的頭髮已如黑白哈士奇之毛色。但還是保持著童少時期的習慣，喜聽人說故事，寡言，不好辯，愛聽歌且隨意，不論雅俗，聽了都開心。遊走各處時若逢上街頭藝人表演或野台戲班演出（已不多了），必駐足觀賞。閒時也常看舞台劇、電影。老文青自思之，俗諺：三歲看到老，五歲定一生，這句老老話，竟是完全真實。

老文青本就天資有欠，老來更覺所欠還真不算少。讀了不算少的文學書人生書，寫了不算少的字，卻在花甲之後才明確曉得，原來，昔日故鄉文盲老者的老套語雖極通俗卻極有理：人生可比一齣戲，演好演壞看志氣。是啊，是啊，舞台上，伴奏演出各適其適，由不得自專自用，天生適合奏曲就可能不適合演戲，適合演老旦就可能不適合演武生，適合扮小丑就可能不適合扮苦旦，然，勤能補拙，若本事夠好，都會有出頭的機會。再合理推論，吃哪一行飯、能吃多少或吃得好不好，應該是在娘胎裡就注定了，然，補拙唯勤，盡全力以赴，總不至於沒得吃。又再延伸推敲，看個仔細，噫，人各有性，人生有限，說直白，幾十年真是只如歌仔戲裡的幾支曲，五更鼓、百家春、一枝花、都馬調、牛犁歌、點燈人、相思引……，雖曲調唱腔不同，但，同台先後各自唱罷奏罷也就煞戲了。

——刊載於二〇一六年十月二十八日《聯合報》（原作版）

淡水暮色紅

淡水線小火車終於停止冒煙奔馳。這一條鐵支路，承載了近百年、三四代人共同記憶，風風火火的車班進出台北百萬次，爾後將被改造為足以與新潮流競速並駕的便捷運輸道。於是，人們只能搭乘那恆常會遲到的公車，一路停停晃晃到淡水，逛逛老街、欣賞出海口的夕陽，順便坐渡船，兩趟來回。

渡船碼頭是個小小的河岸缺口，木製的渡船，漲潮退潮時都得架上長條木板，乘客踏著木板逐一登船。碼頭前左側有魚市，賣現撈的魚，價錢肯定比台北菜市場便宜許多。由魚市往老街方向走，巷裡全是賣魚丸、阿給、鐵蛋、魚酥……的小店。老街上多有老商號。米鋪買賣稱糴糶，散裝，論斤論斗都行。骨董店不少，店裡通常天黑後才點燈，百物雜陳，泰半無分類，老祖太的梳妝枱旁有時放幾個石柱珠、銅門環，有時換成一堆寺廟木雕；顧客十之七八是中年青年，店主們都兩臂起皺紋，衣著舊樣，除非必要，等閒不開口。這景況，與台北光華商場的骨董店舊書店頗近似，講究實際，門面無所謂。

但是，所謂人分三六九等、木有花梨紫檀，有人重舊輕新，有人悅新惡舊。台北新興的骨董店就不隨便，亮光的玻璃櫥窗，乾淨的地板，序整的擺置，端硯奇石一架，蜜蠟瑪瑙一架，玉一排、璧環珠珮，瓷一排、青花粉彩。很明顯，延續上一個年代的收藏風開始轉向了，古代民俗用品與現代油畫不再熱門，壽山石雞血石巴林石青田石老玉老瓷老字畫等等，成為中高資產者的下手目標。眼光明遠的商人早在解除戒嚴前就看到一股隱形的錢潮，繞道跨海去尋寶，將東方舊大陸視如北美新大陸，引伴呼朋大規模開墾，不數載，暴富的傳奇就像親潮黑潮一樣湧來台灣。舉個典型例子。昌化雞血石，原石每公斤五十元人民幣左右，雕刻成器後在台北售價每公斤以三萬元新台幣起跳，雞血含量七成以上的「大紅袍」，一公斤至少五萬元。比對，解嚴後新年代伊始，台北周邊衛星城市的公寓房價，大部分地區每坪都未超過十萬元。

恰恰與新年代的腳步同節奏，連鎖KTV看起來勢必取代獨營卡拉OK，逐漸密集增加的便利超商則已確定擠掉雜貨店。倒是淡水的海產熱炒店持續火旺，新鮮魚蝦蟹貝層疊店門外，客人挑選好，上樓找座位，店員濟濟蹌蹌，廚中或燔或炙，毋需久候，各物端來了，據案大嚼可矣。斯時也，蒸霧滿屋，美味滿目，呼聲四起，香氣四漫；而，人之齊聖，飲酒溫克，彼昏不知，壹醉日富，黃湯灌入肚，真是什麼樣態都有，斯景也，直如村鄉路邊喜宴酬神辦桌，溫良恭儉讓是不很講究的。

一般來說，在台北，人們比較講究斯文形象。在開張不久的麥當勞肯德基速食店裡，上衣口袋插著鋼筆的文青兼雅痞們慢慢細啃雞腿雞翅膀，節制音量談企業化佛教的崛起、如烏魚群湧現的各色大法師，談中國各地的廁所，談川端夏目雨果狄更斯，談兩大報文學獎評審的功過得失，也談台北街頭一個優雅古典的活動風景，那是恆常一襲長袍配一雙布鞋的百歲郎靜山。白領族下班後，聚在懷舊鄉村風格裝潢的啤酒屋或台菜店或茶藝館，刻意壓低激情分析政治改革的優缺點，哀嘆股市飆上萬點旋即超速大崩盤後的悲慘人生，也抱怨交通黑暗期的不便。學生群則中意剛出現的夜市牛排，刀叉運用熟練，喧而不鬧，嘩而不吵。經商人喜愛到歡場談生意，富賈不作興窩在擁擠的咖啡廳裡，那多少有妨談判時必要的從容氣氛，以是，通常先去忠孝東路洗三溫暖，再就近赴鋼琴酒吧，甫落座，公主立即半跪奉上冷熱毛巾，少爺彎身請示，女副理經理招呼，徐徐斟酒柔柔開口，久之，小提琴師適時來奏一曲，賣花小童適時來獻一束，交易成否皆彼此有禮，副理經理率領公主少爺送至門外，鞠躬細聲道別。

細心的人一定會留意到，路過關渡竹圍紅樹林這區塊時，建造新廈的機械巨響頻率高於台北。經始高樓，經之營之，庶民攻之，不日成之。淡水河邊的人文風景迅速變換，人們相當擔心水筆仔的生長空間被水泥侵占，那一大片綠翠帶有潑灑的動感，猶如耳環使得女人的臉活亮起來，台北的腮旁怎麼少得了她？

台北的新光三越大樓帶頭衝向天空，隨即，打破成規限制的商業居住大樓緊跟在後追高，老舊四五層公寓於是被購屋者冷落了。年代初拆除中華商場的印象尚未模糊，火車穿行西門町的老記憶也依稀存留，台北新火車站還有新鮮感，但拓寬的筆直中華路恰恰預告了舊價值標準一去不回，包括強人時代的物價強力管控。房價出乎大眾預料地攀升，無殼蝸牛運動的氣勢卻已降低，誰都沒法解決住者無其屋的問題，窮蝸牛只好背著重重的怨呀一步一步地往上爬，而棲於高處的有錢黃鸝鳥，嘻嘻哈哈在笑他，政策成熟還早得很哪，現在上來要幹什嘛？

貧富差距愈拉愈長，年輕女性的裙褲愈扯愈短。台灣社會力大解放，忠實反映於政鬥、錢流、色情、電玩、檳榔攤等等事物上。迷你裙早已不夠迷人，緊束短褲逐漸成為夏季常服。各種款式的成衣巨量上市，到西裝店裁縫店量身訂做衣裳的人驟減，牛仔褲混搭獵裝夾克也不算非正式了。公務員周休二日、隔周休兩日的議題開始被提出，議而未決久之。出國旅遊人次年年遞增，台灣人出國鬧笑話屢上新聞版面。教師甄選錄取率連續滑跌，大學畢業文憑不再是飯碗保證書。農地荒置愈來愈多，農村人口老化程度加深，引進外籍勞工漸次放寬名額，仲介女性新移民來台的廣告看板充斥街頭巷尾。而，新開放的有線電視螢光幕上，擠滿街頭遊行畫面，各類訴求都有。有些人反覆強烈指責現代版吳三桂施琅，疾呼全民亟需共武之服以匡王國，有些人重複高調聲明永不放棄半世紀前領土主權，告誡全民理應閑之維則以奏膚功；雙方各擁人馬搖旗博弈，機關算盡，局中局外兩沉吟，猶是人間勝負心，總結效果是，抗議者拚了老命，司職者疲於奔命，旁觀者氣得要命。

一個浮動抖動顫動躍動翻動滾動躁動的年代，人人都做了過河卒子。

墨客騷人才會認真回首。知覺敏銳的寫作者其實在舊又舊年代即領悟了農村崩潰之必然、潮流轉彎之必定、及時提筆之必要，因是，深層刻畫的文學作品數量與消失的陳跡往事成正比例，較諸鄉土文學運動勃興時期更多。那不是感慨蒼天方憒憒，亦非試圖赤手拯元元，不是單純的懷念唏噓，是長長串連的好言好語提醒，莫忘來時路，前途更長遠。

然後呢，捷運淡水線新店線接續通車了，許多人期待並預測這種新式電車系統二十年內可以超韓趕日，三十年內能夠超英趕美。而高速鐵路與台北一〇一大樓趕在年代末熱熱鬧鬧起造，這邊，兩大鋼骨建築起厝動千工，那邊，大安森林公園則經過拆厝一陣風的鬧鬧吵吵後終於完成開放。政府官員語帶炫耀說明，台灣肯定又將增加一項世界第一的紀錄，高雄八五大樓無疑要退居台灣第二；官員順便語帶無奈解釋，坊間所謂大安泥巴公園之說是見樹不見林，十年後這個台北最大的都市之肺肯定可以發揮極大功能。同時，媒體在置入式廣告中宣傳，星巴克咖啡在天母首開連鎖店，寬敞明亮的設計打破了老格局，以後喝咖啡會更愜意更便宜。個人電腦價格依然貴參參，但文青們很有興趣，因為可以設立最尖端新潮的專屬部落格，隨時發表文章，不必老是收到副刊編輯寄來的措辭婉轉卻本意斷然的退稿信。

退步可能是向前，反之亦然，人與事常常如此。一條難以預測會向何方轉進的潮流軌道，無可阻攔地逐漸通往近在眼下又似乎遠在天邊的更新年代。人們認為，該變的差不多都變了，只不曉得還有什麼不該變的也許會忽然就變了。例如，發行樂透彩券，贊成反對雙方各執一詞。極端反對者認為，此事等於鼓勵賭博，由政府當莊，一旦推行，就立即會集體道德淪喪，國文教科書裡的聖賢教誨瞬間崩潰；贊成者則語出詼諧，道是，聖賢至少五百年始得一人，毋庸多慮，日子總會過下去。

日子還真的依然一天二十四小時無差別地翻過去。逢上休假日，台北人依然喜歡到碧潭淡水去，帶著手機搭上捷運，在車廂內大聲講電話，那些話，一百句之中其實有九十九點九句都沒有任何意義。碧潭的吊橋遊船沒怎麼變，只是沿岸多出了一些違章熱炒店，淡水的老街渡頭也沒怎麼變，只是少減了幾間骨董鋪。絲毫不變的景象是遊客坐立看夕陽拍照片。若夫霪雨霏霏，連日不開，朔風怒號，濁浪激盪，至若春和景明，波瀾不驚，上下金光，一眼萬頃。偶或岸邊忽聞熟耳旋律。日頭將欲沉落西，水面染五彩……總有老商家會播放老歌，老歌總有一股抓得著又好像抓不牢的詩意。詩意，是了是了，夕陽甜吻著出海口或戀偎著觀音山，人們望著望著，忘記了光已盡，忘記了潮已老，然後結伴或獨自徐徐行過小街市，看，寂寞的長巷，而今斜月清照，冷落的漁船，而今迎風輕搖……聽，浪波拍岸，一聲聲，難了，難了……

忘了記得都好。新的既要來舊的就要去，歲月定要輪番去來，幾度滿月黃，幾度夕陽紅，地球總要繼續轉，日子總要繼續過。但是但是，人們沒料到，紅紅火火的世紀末居然一時有點像末世紀，忽焉，特級地震夜襲台灣，接下來是個悲傷黯淡的中秋節，大家這才真正明確懂得天作孽究實不可違。再但是，不自作孽猶可活，活著就會有責任有希望，太陽下山明朝依舊爬上來，花兒謝了明年還是一樣地開。復但是，人們很容易就把時間當成記憶的黑板擦，忘了曾經的滋味，也忘了那消逝的苦惱。所以啦，照舊百工百業各務其務，閒來唯一值得馬上爭論明白的是，到底哪一年起才算進入二十一世紀？

——刊載於二〇一七年三月十九日《自由時報》

【輯三】

飄瞥田膨花

田膨花，起風時，種籽迅飛，飄到東飄到南飄到西飄到北，
落地後只要一點土就能生根，
啊，昨天拔，今日生，
農人稻菜要緊，就是煩厭田膨花。

打鐵歌

最重要的工具是鐵爐、鐵鎚、鐵砧、鐵鉗。鐵鉗長短不一，夾端寬窄不一；鐵砧分大小，通常，小型的置屋內角落，大型的置屋外；鐵鎚有小中大，配合各砧使用；鐵爐非鐵打的，那是熔鐵爐的簡稱，一般是黏土包磚或磚包黏土，全磚全土也行，然皆須厚砌，以耐高溫，爐門則鐵定是鐵製的。打鐵店四寶，任一不可少。

天光只見一絲絲時，打鐵店便已開門了，夏秋還更早些，但不立即敲打，怕擾到厝邊隔壁。小學徒負責準備木屑焦炭、整理待取成品、清掃內外地面、工具材料歸類……，一切就緒後，打井水挑回來倒入陶缸。大學徒總要到此時始現身，趖來趖去檢視，滿意，洗臉漱口，不滿意則輕斥幾聲，監督處理妥當。大師傅當然是師父頭家，進店不言不語，看看四周，滿意，漱口洗臉，不滿意則吼罵幾句，無對象的。大學徒瞪眼緊急補救缺失，小學徒失面子，臉紅紅緊急主動生爐火。

敲磨小器，這時不妨了。小地方，商工農士概皆早起，連流氓角頭也得起早到菜市場收保護費，否則買賣快速的攤販就受不到保護了。參加升學班的小學生一個個經過打鐵店，晨寒，企門旁，取暖一下子也好。火爐開口例向門，空間大，火星無危害，熱氣易散去。頭家若心情佳，說喜話：小朋友，脫赤腳真冷也，來爐邊烘燒。若心情差，說厭話：猴囝仔，愛做門神乎，拖來做苦工。

苦工，真正是。小學徒雙手平舉，鐵鉗咬緊鐵片在爐裡翻動，汗滴爐下土，粒粒皆辛苦，時時歪頭聳肩擦拭，右腳踩踏鼓風箱，火燄衝突，火星竄逃，火光燦爛；鐵片由青黑轉為橙赤，大學徒接手，放砧上。鐮刀菜刀之類，獨作，小鎚，鐙鐙鐙鐙鐙鐙，鐵片由橙赤退回青黑，交小學徒再送進爐；取出，繼續，鏜鏜鏜鏜鏜鏜。小學徒未獲允許不能離開，頂多在缸側捧水澆頭臉。刀型基本完成了，插入鋁盆中，嗤，蒸汽噴出。餘下來的磨邊銼平是小學徒習藝項目之一，自己磨吧銼吧，沒有誰會來指導，當學徒第一要緊是看，看著也就學到了。技術呢，例如開鋒，大學徒處理的時候，得便仔細觀，記住姿勢角度步驟，待師父准予試手，照樣，不致失誤太大。

對待大學徒，師父多少存些尊重，經常詳細解釋訣竅，吃飯還可同桌。那，怎麼樣才夠資格？不一定。部分父傳子，部分收外徒，收外徒兩原則，個性不壞體格好，共事三四年，師父覺得孺子可教，徒弟於焉稱大；反之，退訓，極少見就是。小學初中畢業後無財力或無才力升學者，該當種田做工營生理，天規定的。濃烈烽煙剛剛消散，做父母的嚇怕了窮怕了餓怕了，送孩子去爐火前總比送去戰火裡好上千萬倍；再且，兒女五六七八九十個，個個皆升學，父母皆累死，天也不敢如此定規。所以，有的得去牽牛賣菜打鐵。

打鐵店主顧泰半農人。田事需用的器具，千百年沒變過，刈草割稻斫枝砍蔗鋤土挖洞等等小工器，現成的任選，木架上一排排；不合式合意，畫圖訂製，限期交貨。大物件如長犁、開山刀，平時未必備妥，得另做；鐵包木牛車輪，原是牛車店本事，輪上包鐵往往歸打鐵店承造；其他特殊古怪工器，只要是鐵做的，師父一律會答應。

答應多，趕工忙。風箱大喘聲，呼呼呼吼吼吼吼，爐火回應響，烘烘烘烘煌煌煌煌，一人掄一大鎚，鐵撞鐵，鐵唱歌。鏗鏘鏗鏘、鐓、鏗鏘鏗鏘鏗鏘鏗鏘、鐓、鏗鏘鏗鏘鏗鏘、鐓、鏗鏘、鐓、鏗鏘鏗鏘鏗鏘鏗鏘、鐓、鏗鏘鏗鏘鏗鏘鏗鏘鏗鏘鏗鏘鏗鏘、鐸。鐓，是力道較撙節時的音調。鐸，是師父以鎚擊砧邊木架的音調，意思，暫停檢視或調整擊點。舞大鎚，力氣不挪用到嘴上。再打，大鎚一落一起，節奏平均，肩肌反覆聳立展平，脊椎陷成一直溝；髮尖至腳尖都流水，地上的黃沙點點褐圈圈，兩人的卡其布棉布短褲都濕一半。即使冬季，裸上身，水流如常。

夏季，午初至未中慣例不揮大鎚，歇中晝，躲豔陽。閒著，師父與大學徒喜歡招來賣粉粿杏仁愛玉的行販，吃一些，聊聊閒話。農人多數木訥寡言，交易直捷，付款走人，行販畢竟屬商，總是很能聊，遇何業人說何業事。哎，有記得日本時代的銅鐵奉公嗎？行販問。有啊，十幾冬前，老大人還在世，戰爭末期，貢獻一大堆，日本警察真樂暢，連連喊一番一番。師父答。哎呀，日本法律有夠酷刑，有一回，擔子歇路邊，被台灣人警察補罵十幾分鐘，煞尾用腳踢倒擔子，加一句清國奴，想起來令人氣到變啞狗。喔，這算小載志，彼時，打鐵無穿衫，被拖去派出所繳罰金，繳完隔日，警察來巡，講，店口物件雜亂，更再繳罰金，隔幾日，來買菜刀，出一半價，無答應伊，翻面喔，當場指責火爐噴煙太骯髒太危險，共款繳罰金。哎哦，唐山人來，也無較好，有幾十百回，聽伊等罵台灣人是奴隸性，哎。嗯嗯，攏總父母生養，平平吃奶長大，該當將心比心設想一下啊，毒嘴獨舌，無智無識，實在是馬鹿野郎無教養無規矩。

照規矩，小學徒有耳無嘴，師父師兄休息，細碎雜項乘機整理。架上器具維持列齊、清除爐渣、添加井水、撿拾廢鐵，順便抹平神明紙，紙上毛筆字「鐵拐公神位」。沒有人明白為什麼李鐵拐是打鐵業的神，有的打鐵店供奉李老君或爐神，都無神像，紙寫字便算數。大學徒很知道當小徒弟的況味，自己一路苦過來，深曉習藝需要苦中求，吃不了苦等於自找苦吃，可能將來沒飯吃；小學徒稍露怠惰狀，隨即訓之導之，外人看來，似乎無情，實際上有義，嚴而不苛，受者乃得，奮力舉鎚為何來，不外乎日後藉以營生，要營生，定得勞動筋骨。所以，狠心一點是必要的。

鐵骨生，形容人之生成勇健。勇健又善學，四五年內出師沒問題。出師禮很慎重的，師父邀來同業同儕親朋好友團聚宴飲，正式聲明，敬酒，若依古禮，師受徒半跪謝，若依新禮，雙方當眾握手，徒深鞠躬。徒弟得意哩，與媳婦熬成婆差別有限，恰好比，老阿媽一旦抱孫，老老祖太也得聽隨幾分，這叫做義理分寸，成俗定約，毋需立書行文。之後，徒願留乃名師傅，領月薪，月薪不比小學教師低；毋願留乃另開鋪，唯彼此心照，莫與師父同一鄉鎮最好，非得已，南北東西各一方，忌禁拉攏老顧客，師父仍要吃飯養家呢，正譬如，阿媽再怎麼大也不能壓下祖太，有孫大家抱，各自弄伊笑，真好。

好手藝一點一滴累積，小學徒使銼刀熟練精準了，徵得師父同意，偶爾使削刀。削刀純鋼，削鐵如刨木，刃鋒開出，一支刀正式完成。小學徒到此階段，可以等著接師兄的空缺了，然而尚非大漢，體力不足與師父合作對鎚，勉強舉大鎚，傷害發育。獨舉小鎚練練不妨，舉中鎚與大學徒對打亦不妨，慢慢慢慢增加次數，次數多了，身高臂粗了，所謂百煉鋼，正如這般。

顧客見到小學徒舉鎚，難免禮貌上稱讚稱讚。農人大概都這麼說：春雄啊，勇喔，親像水牛公喔，早前瘦到若一隻猴，猴腳猴手，有夠壞看呢。這是口拙又直性，好好意講出尷尬氣，做穡人實在不注重阿諛技巧，沒辦法。街市上的婦人們舌頭活動多了：喝喝喝，有出脫喔，春雄哦，過幾年會當做師傅啦，做師傅會當娶婦啦，爾父母就輕鬆哩。這麼說，誰聽了都歡心，虛假意講出甜美氣，沒關係。更厲害的是老人，尤其三嬸婆二妗婆大姑婆，拿來菜刀剪刀柴刀，要求磨刃口，先頌美師父大學徒的功夫通鄉知道，然後遞給小學徒幾粒糖含丸，然後大聲驚歎：啊哦，真正愈來愈緣投，架勢有形囉，路尾彼個米粉嫂前日講起，親目看才知伊無白賊，阮若有爾這款孫，要偷笑哩。然後，理所當然，禮所難卻，磨刃口的事，沒問題。

磨刀，小學徒分內事。磨刀石質地緊密觸感滑順，外行人磨刀，整片刀面緊貼上下左右使勁，出力不討好；內行人輕輕斜斜來回移動，幾分鐘，用指尖斜斜輕輕抹試刃口，全憑感覺測量鋒利程度。師父訓練甫入門的小學徒，給最鈍的舊刀，示範一次，三兩句話而已，磨磨磨，磨久自然明白原理。磨刀教不來的，最基本的原理唯一，就是用心去找尋原理。

讀書應亦如是。有學問的人如是說：學文學武，道理完全通同，自己用心勝過老師用心，自己心領神會好過老師拎心費神。文言艱澀，打鐵師父請教語意，懂了，頷首微笑：嗯，究竟有道理。同時聽說的人，有些不服氣：磨刀讀書，相差千萬里，焉怎比較？有學問的人補一句：讀書打鐵種田駛車剃頭做商，完全無相差，各行各業莫相恥笑，上好。

莫使得恥笑舉鐵鎚的人喔。老農牽著孫子路過打鐵店，偶爾會隨機教示：乃公就靠伊才會當使犁割稻呢。咦，將來亦舉鐵鎚好否？孫子似玩笑似正經問。老農生氣了：讀冊尚要緊，更再胡說，吃扁擔喔。打鐵店大師傅應該聽到對話，高調打招呼：

番鴨伯哦，乃金孫生來提筆的命，放心，後回鐮刀若鈍，磨利免錢。老農的黑臉真轉紅了：哎呀，鉛筆比鐵鎚較重呢，提筆有什麼好？提筆的攏總是閒人，打鐵較實在。師父與大學徒都笑出聲，揮手道：有閒來坐，奉茶。這叫做世事人情，彼此無惡意，不爭嘴唇皮。

小學徒總也有開懷開嘴笑出兩列白牙的一天。大學徒終於如願出師，出師門自立門戶，小學徒在宴飲時依禮坐於席外長條椅上，幫師母端菜捧酒；但禮節不違人情，師父會適時半請半令邀坐同桌，明示重視，暗示接班。師父未必剋期表達，忽然新小學徒入門，那就指日可待了。師父的表達方式非常簡單，淺淺淡淡一語：下個月起，提高所費。所費即零用金。大小學徒都可以睡在店內，吃頭家的飯，正常三餐，外加庶羞，做夜工多一小餐，每月領取零用金，按本業老慣，大學徒是小學徒的五倍，大小學徒都論年添加。由小轉大，大關通過，和師父對鎚，隨時勝任矣。

新小學徒從頭開始習藝。為人母的免不了千叮嚀萬吩咐：認真學，將來照顧小弟小妹與老父，吃苦不過假若吃菜脯，事事聽人教示，要有志氣呢。新小學徒免不了緊張，只見一毫毫天光時，爬下床鋪，先打開店門，接著，工具材料歸類、清掃內外地面、整理待取成品、準備木屑焦炭……，一切就緒後，打井水挑回來倒入陶缸。安安靜靜，等候新大學徒現身。新小學徒曉得，不可粗率碰響物件，怕擾到師父與鄰居，而且，師兄明講要求嚴格，最好，等一下接受檢視，不會被瞧出任何疏失。面子問題，這很重要很重要。

——刊載於二〇一四年六月二十四日《自由時報》

行乞謠

當乞者需要具備什麼特別條件嗎？要的，兩大條件，老病殘三中有一，並敬業精神。索飯討錢，伸手便是，用得著敬業精神？是的，首先勿憚勞其筋骨，勤於行路，次則觀察熟悉在地諸人起居習慣脾性，再又，學習避免任何招惹嫌厭的言語舉止；另外，本業基本功課，橫逆來之順意受之，絲毫不惜面皮，聞惡聲處之泰然，遭驅趕泰然處之。

面皮薄脆的乞者，偶見，常人一望而知彼甫入行；那在小鄉鎮至少會傳說幾日，大家笑話一陣子，沒什麼惡意或善意的。然後，總有誰家阿婆會打聽出新乞者底細：可憐喔，較早徵調去做軍伕，自呂宋轉來，無祖田無兄弟無手藝無頭路無娶婦，可憐喔，舊年替人割稻時摔斷一腳一手，山內人，厝內只存一個殘廢老母，可憐喔。

經過阿婆認證宣導，新乞者很快就普獲同情心，收入豐；但也很快引起舊角頭勢力的反對，資源有限，多一人分一杯羹，畢竟事關重大。於是總有那麼幾回遇上了吵起來。這種吵罵極少一次了結，而且無論時間地點，不忌旁聽，不提嗓音，雙方都在比較身世悲慘程度，夾敘夾議，聲調壓抑，沒詬詞，沒髒話，表面上頗斯文。舉例對話。唉，老貨行踏三十幾年囉，半個後生亦無，爾還少年，算歲數，做爾阿公會得過了，唉，是否是否？是啊是啊，爾老人好身體吃百歲啦，分一碗泔糜與別人吃，敢有差？唉，爾少年人去別個所在，祝爾白飯吃三頓啦，老貨骨頭硬，走未遠啦。阮老母青盲⋯⋯。阮牽手肺癆⋯⋯。爾好心讓一下⋯⋯。爾積德蔭後代⋯⋯

天下無難事，只怕不讓步。解開糾纏的方式，可能是一條市街分兩邊，可能是新人換地段，可能是各自堅持各行其是。第三款可能，如果一方不服，就得勞駕丐幫長老出面調和了。

丐眾成幫嗎？有些微實質但沒那名堂。從清朝活到民國的三朝老民們，明確指稱，直至大戰結束之後十來年，許多地方猶有乞食寮，乞者聚居，奉一頭人當長老，還投票呢。與選舉蔣總統相似，僅由戶長參與，戶長等於國民大會代表。然，長老像武俠小說裡的幫主那般發號施令、受眾丐供養嗎？不。老民們謂，古代如此，戰後則否，長老累積財富後，泰半轉營齋堂神壇，兼助丐眾，免得苦人更苦，並以慈心之名募金，處理丐眾身後事，那已類屬為善義行。

行乞，大部分委實命乖運違，人生之乃天不顧，小部分委實自作自受，不顧天之生乃人。老殘磨折，貧者愈貧，奈何？活路唯一，求助。浪蕩敗家，潦倒害病，怎辦？唯一生途，哀告。兩者概皆半路出家，終究殊途同歸。至於各人背負的故事，都有幾大籮筐，既平凡又不尋常，聽多了，感覺恰似原初的恆春民謠，調子差不多，唱腔唱詞數十百種。

路邊市場踞坐彈唱求賞賜的人，算是乞者嗎？好像是又好像不是。嚴格論之，偏近賣藝。學會那些曲調吟唱、故事綱本，還得記住段落轉折，即使文學家也要嘆難的。再且，文學家編故事多半正經過度，彈唱人的故事來自於代代口傳，古老而趣味，俚俗而智慧。又再且，咦咦咦，文學家的角色好像偏近彈唱賣藝。老民們如是謂。

老民們見廣識深，故事滿腹，樹下庭中廟前，小孩少年圍圈坐，隨時開講，講出來比唱歌好聽。

故事之一。乙未之變，嘉義有個反日頭人，帶隊匿山中，打打躲躲，戰術迭換，與日軍交手，小敗立逃，小勝亦立逃。其一妾難堪跟隨奔波，勸彼投降，莫徒增傷亡，且前例昭彰，歸順者立即富貴榮身，頭人不允。妾暗通其夫之部下，慫恿共赴日營，盡告兵丁駐紮情況、槍彈數目、作息習慣、陣勢弱點……。日軍奇襲成功，誅頭人及子妻姪甥，賞給該部下以地區茶糖專賣權利，致富，娶該妾，買大宅，任保正。初，頭人一妻弟，漏網，隱跡三載，忽一夜潛入保正宅，刃之，男死女傷，搜財焚屋，渡海而西。該妾二十餘齡耳，雖獲救，掌斷容毀矣，族人逐之，自是淪為乞者，恆行於台南四周鄉鎮，重複來去。後溺斃，壽八十餘，計行乞兩朝六十年。

一甲子，多少人事起滅，幾番英雄興衰，多少田園易主，幾番江河清濁，而踽踽獨行世路的豈只老乞婆之流。

故事之二。大正初年，南台某地某人，獨子，繼承十餘甲良田，放租。正務付管家經理，唯喜結交四方，引伴吃喝嫖賭抽鴉片。昭和初年，被熟識的藝旦捲走最後一幢房屋賣得的錢；短短十幾年，父祖曾三代接力賽跑拚命賺來的總財產全數散入百姓家。那曾祖是佃農，窮到用粗草繩繫褲頭，那祖父前半生還是佃農，一輩子捨不得吃整碗的白米飯，那父親是地主了，佃農來繳稻穀代租，必將每一麻袋提起抖抖抖，擔心袋角留下稻穀，便宜了賤骨佃農。好，結局是，那人某日偷雞不著摔折腳脛，此後沿門托碗喊頭家。天皇的臣民離開台灣那年，彼永遠離開世間。

乞者去到人家，必呼頭家、頭家娘；見著小童，或呼阿舍兄、阿舍娘。阿舍，這詞源自古代的官銜舍人，意略同章回小說裡的衙內，本指有科舉功名或任官職者與其子孫。有的地方，乞者呼主人小兒女為小頭家、小頭家娘。古謠風有乞食調，乞者唱的嗎？不然，謠風是歷代庶民集體創作，文人整理，定曲定詞。乞物之詞其實簡明，似呢喃似呻吟似禱祝，就是不似歌詠。設想，乞討而唱乞食調：有量的頭家啊，來疼痛呀，疼痛阮是壞命的人哦，街頭巷尾（伊都）四界旋，企站門邊來講好話……。像話嗎？

當然乞者知道，無論如何不可厚話討人厭，更知道，萬不可直入灶間客廳店內。通常，午晚餐時段開始遊街的乞者，重點目的是飯食，飯食不至於要不到，業精於勤荒於嬉，肯走就有契機；主人未必給剩菜剩飯，往往自家吃什麼就給什麼，但絕不謙虛客氣說什麼菜不好莫棄嫌之類話，乞者非親非故非貴客，禮，過猶不及。節，乞者曉得，經常向同幾家索物，那等如專挑善良人欺負。所以，義然後取，人不厭其取，孔子公說的，乞者雖沒聽過，卻能身體力行；一家一家輪流上門，地盤若夠大，半月甚至整月各戶輪一次，合乎忠恕之則，人們會樂意，嘉許其乞也有道焉。

乞者的地盤怎麼畫分的，本業以外之人別想弄清楚。老民們謂，真有世襲乞者家族，地盤固定，收入穩定，養家不成問題。那，有了錢何不改業？道理是這樣的，很簡單，銀錢自來掌中，好過做官忙空。

目的在於銀角的乞者，重點拜訪處，商家。錢，普通施捨一角，頂多兩角，五角也偶有可能，一元以上呢，除非主人一時想開了或一時想不開。可是可是，莫小看小錢，大河不捐細流，有志不在年高，對的，日居月諸，照臨下土，日就月將，自求上福。

故事之三。民國三十六年，安平居民，吳姓鰥夫，赴白河地區為傭工，伐木燒炭，墜山谷，亡。寒門寡親，老父幼子頓失所依，售陋屋以營葬，畢，稅房暫住，偏逢連夜雨，牆圮壁傾，兩人倖免於難，僅一身衣衫在身。吳老大人四處求告，甫借得薄資，自台南市區趕路夜行返家，突遭汽車擦撞，療癒，舉步蹣跚矣。而負債無力償還，於是為丐，終日默默行，盡量不與他人爭執，角頭乞者呵責，則俯首屈腰，久，乞眾知其執念栽培孫子，乃縱容之。其孫繼續正常上學，但受嘲，輒唯唯，師長多有獎掖之者，順利大學畢業，旋順利通過高考。時，吳老大人近七十歲矣，停乞，越數年，過世。瞑目之前，最後一哭，聲聞鄰左。鄰左，一老民也，後移居新營。

傳奇嗎？世事本來一盤棋，勝負且看終了局。浮游人生，蟻排兵，蜂釀蜜，各自歡喜各自隨意。老民們謂，貧而無諂很容易，只要胛脊胼挺平直便是，富貴而無驕才算古來稀，站在疊高的鈔票或成就上俯視，常人盡低於眼皮，很難不得意忘形。但是但是，大千世界之所以好玩，除了人生如戲，戲中另有戲，可觀。換句話說，故事套故事，豈分新與故。

故事之四。西曆一九六三年，吳老大人正式停乞，賃居台南郊外的永康，其孫職派台北，音訊相通唯書信。正確言之，祖倩人寫字通情與孫，孫未曾相答。昔日一師長耳聞，忿然之北，該生避不見面，託詞公務繁雜、即將出差，由同事持數百元交付師長，請轉送祖；師長淚落街頭，苦候辦公處門外，至暮，空等。吳老大人疑惑甚，猶護孫。另一師長巨怒，直闖台北辦公處，攔出責斥，該生不辯，師長曉以人理，該生不語。吳老大人獲報，結舌瞠目，卻書信連發，自述衰頹現象，冀孫之轉心。片紙亦無見返。如斯四年，吳老大人病篤，鄰左代發電報告孫，退回，多方查問，已挈新婚妻出國留學矣。吳老大人無淚無言，臨終始放聲一號。眾師長鄰人出資火化之，骨灰罈上未具孫名。

莫為兒孫做馬牛。老老老老的老話了，意義則一直新新新新的新鮮。太陽底下有新鮮事嗎？有，視新如舊新亦舊，視舊如新舊亦新。老民們謂，時代翻新，多少應翻些舊模範，舊模範足以改革新教育，教育最最要緊是教做人，新教育則只教兩樣，一樣是教做大賢，一樣是教做大官。大賢，半個也沒教出來，教出來時月亮會從南邊升起；大官，教出一大堆，簡直等於教出一大堆謊話連篇的萬金乞者，該類乞者有萬金，必也取諸民膏民脂，然乎不然乎？

然，致小富擁百金的乞者，那些聽老民們講故事的小孩少年真見過。經阿婆認證的新乞者，運氣好，舊角頭乞者乍然病死，不用再爭執，彼順當繼位。極勤極毅，風雨無懼，極卑極溫，百氣皆吞。人願與談，彼詳述南洋經驗、從軍甘苦、受傷心情、困頓之鬱；人不與談，彼雙手受錢同時彎身九十度致謝，迅速輕步移去。遭小童謔笑，柔面以對，遇主人苛待，對以柔面。因此，經常到每家，人們反而習慣了。彼居墳場側廢棄草寮，寮內以木箱併成床，乞得銀角湊成整數，買米，細細包裹，貯木箱中，塞木炭防潮。年餘，八七水災作，彼存糧已近百斗，昂價售之。其後復易地行乞年餘。小孩少年再見彼，依然面色柔和，禮數周至，衣服整齊，騎改造之腳踏車載貨，探詢，於鄰鄉開雜貨店，奉養老母，已娶婦矣。老民們謂，此人不能小看，來日必富無疑。

阿婆因此甚是自豪識人之明，逢人便道。很快的，新新乞者出現，立即接收前任地盤。彼髮皤皤，彼眉稀稀，解放的小腳，拄樹枝杖，行動施施，凡對人訴求，顏色恬恬，態度恂恂，堪稱齒德俱尊焉。慢，慢，慢著，齒，算伊年長吧，德，從何說起？德不孤必有鄰，孔子公說的，新新乞者身旁總有三四個同氣質的人跟隨，另類解釋，那也算有德了。跟隨者，四到七歲左右，舉止畫一，不哭不笑不吵不鬧不開口，好事人或問話，皆乞者主動代答，原來是曾孫，同父不同母。幾天之後，阿婆終於打聽出彼入行因由，始末完整，可裝滿幾大籮筐。當然啦，那又是一個既尋常亦不平凡的長長的非常可憐的故事了。

——刊載於二〇一四年八月二十四日《自由時報》

桃花過渡

那麼，就是焉爾了，雙方以後依照約束，莫使得中途反悔，若有違背文契，公理判斷，雙方確定清楚了？中人在一切手續完成後必定要說幾句這樣的話，得到明白回應，始簽下自己名字並按指印，一式兩紙，分別交付。接下來三人當面點數銀票，表示無誤，交易完成。

中人，俗呼牽鉤仔，意思即牽引兩端而鉤扣之。仲介買賣包括房產田地器材食物等等，抽取傭金。拉攏人口買賣，另有諧音稱號，牽猴仔。牽什麼猴呢？細姨、情婦、娼妓、酒家女，尤其後二者，例須中人作證，買方與賣方恰如猴子被牽來拉去，乃謂。

娼寮酒家，小村偏鄉通常沒有，鎮市裡通常不可能沒有。娼寮多設在邊陲地區，酒家多位於繁華街坊。另一差別是，娼妓身價低了許多，娼頭有貨便收，賤買亦賤售；酒家女值昂，鴨頭揀選滿意，出價參考同業規則。但賣身契同樣訂定年期，五年、十年的占多數，因為人生有限杯，青春就這麼幾年。期滿，視雙方意願再商議，不可，由家人領回，原中人見證，兩紙同時就火，從此互無瓜葛。

鴨頭，酒家主事也，想像鴨群行動景況便知名所以來。鴨頭們在脂粉堆裡打滾，識貨是當然的，猶如水果商看水果，一眼立判優劣。買人比買物，說起來殘酷。容貌身材出眾的，隱語蘋果，尤美者號為五爪蘋果。父母或長輩攜帶蘋果到鴨頭家求售，只一個目的，換錢，衣食不足乃不計榮辱，臨場舌重口氣輕；鴨頭鼻中吐聲，然後將五爪蘋果貶成番茄，喉嚨乾咳，聳肩拍耳；中人猴手猴腳走動，火眼金睛飄移左右，喃喃自語。這是慣例，演戲也要演到底。唯一不演戲的反而是主角，低首閉唇，臉頰忽紅忽白忽黃。老人小孩自由圍觀，老人老世故，捻鬚踱步又微微吐吸，小孩小天真，以為主人相親卻也生疑。終於，所有節目結束，煞戲，大家散去。過幾日，平時專為酒客跑腿買香菸檳榔的大小孩發出通告：某鴨頭的店多了一個新酒家女。

酒家不叫酒家，叫菜店，可是到那裡的人一定要喝酒，菜色不要緊。配酒菜極吸引小孩，滷三層肉油亮亮，桌子動，碗公裡的肉跟著動，像粉粿愛玉那般顫動；小孩如果能一年吃一回，算好命了，菜店桌上恆有。年紀稍大的酒家女會揮手趕人：走走走，看久，目孔變拖窗喔。小孩們見笑轉受氣，一人起頭，齊聲唱和：火車火車勾甘蔗，勾幾枝？勾兩枝，菜店諸婦抹胭脂，抹紅紅，害死郎。酒家女乾瞪眼，性烈的會拿起酒瓶作勢嚇唬，隨即轉身捧酒勸客。酒客，總是臉紅紅，見到熟識的小孩，抓一把土豆炒蝦米以懷柔以高壓：提去吃，假使對誰人講起乃父在這飲酒，吊起來剝皮。

姑姨妗姆嬸們的說法，菜店正是剝皮店，可恨可怕可惡可恥，去酒家的男人都可悲可笑可厭可鄙。可是，鴨頭每逢誰家正室踏戶責問，向例抽身，由自家正室出面抵駕，最常用的反駁詞是：無人去強迫爾翁來，怎好怪別人？門內門外，言語交鋒，詬詞甚是可怖。前一類正室理直而面皮薄，缺乏自反而縮的氣魄，概皆贏少輸多；後一類正室當然見過咨爾多士，刀槍做路也敢行，畢竟游刃有餘。酒家女閒閒觀戰，或坐或臥，渾似事不關己，直到勝負已決，酒客亦歸位，如常談笑，如常執壺。

喝酒，酒家女基本功。練酒量，竅門唯一，喝進去後吐出來，吐出來後喝進去，口訣：喝了吐，吐了喝。賺錢非難事，只怕不喝酒，天天登錄，月底結算，空瓶超過定額，按數計分獲得賞金。然，客人的賞金，鴨頭無權索討，所以進階功是討好。討好，討到就真好，手段高的真有辦法討來金鐲金鍊金戒指，甚至輕易討得藏身用的金屋。

酒家女身分證交鴨頭保管，集體居住，旅社式房間，木板為壁。三七仔除了打雜、聯絡客人，還兼務守衛與打探，酒家女心意搖擺，立刻稟報鴨頭，防止脫逃。沒有身分證怎麼逃？有辦法的，定期檢查身體時是好時機，那時必驗身分證確認本人。有人脫逃成功嗎？有。大人們聊天述及，一個酒家女，上班後三星期，翻身跳離酒肉門，原來是鑽出醫院廁所小窗，事後查明，偷走許多值錢物，顯然計畫周全，有人接應，找家人，不見了，找中人，不見了，推測是合夥假扮。此事讓街市居民愉悅傳說多時，公論總歸一言：賊仔被賊偷，吞氣落腹消。

等閒酒家女沒這個膽量。彼等但盼期滿自由，留意好客人，幸運些，客人幫助贖身。客人三不等，要打動酒家女，條件：一錢二緣三少年，都具備，到處受歡迎。究實，二三沒要緊，重點是第一，財力厚，錢可補足緣，老歲勝少年。不能怪酒家女貪財，落入煙花叢，本因缺錢。富客中意，贖身後不外兩種下場。次佳，當細姨，與大婦分開住，吵鬧幾次難免，久之習慣成自然，生兒女，善加栽培，老來依靠，父母當年不積德，自己苦心求偏福，萬幸福星光現，扶正也有可能。首佳，正式出嫁，一夫一妻，只要安分廝守，人們很寬容的，人們會引用古諺釋解：娶婊做婦好過娶婦做婊。

婊子無情嗎？是，不是。是不是，挪角度。尋常家庭，親手足析炊爭產、親骨肉逼迫索產，狠絕往往超乎想像，一發而天倫委地；酒家女呢，再怎麼毒，頂多騙一些好色男人的一些錢，或是破壞一家和諧。比較，何者薄愛寡義尤甚？老人每論及二事，嚴腔肅調：良家也會出壞子，風塵也會出俠女。青少年們揣摩那語意，緊追提問，老人於是說故事了。

劉氏，雲林西螺人，由兩叔做主賣入斗六鎮一酒家，葬父訖，餘款付與寡母養育三幼弟，時虛十七歲，粗識字。賣身契畫押之際，捧紙細讀，指契顧兩叔曰：何意綁十五載？五載足矣。兩叔爭之亟，蓋身價差別數倍也。劉氏執著，竟從之。一叔充作中人，收仲介費後猶嘖嘖抱怨，劉氏曰：阿叔包涵疼惜，念兄弟情，好看待大嫂小姪，來日報答。兩叔不應，忿忿去。劉氏居酒家，恆默默，燈上筵開則歡呼欣唱，熟客漸增，贈物漸加，客或商於鴨頭欲買身，劉氏唯唯聽命。暇，必返家，傾囊濟母弟日用。兩叔圖利，常藉故脅嫂欺姪，劉氏知而緘口，偶和顏懇求，未曾厭言。契期將滿，兩叔慫恿續約，劉氏嘿然。長叔好賭，業敗，與次叔設計，私會鴨頭，再約五載，切磋之際，忽劉氏踉蹌至，點紙笑曰：阿叔可休矣，血同一脈，忍心如斯，獨不畏雷公乎？奪紙裂碎，鞠躬離去。鴨頭懼生非涉訟，議乃寢。期盡，劉氏素顏歸，整理家門內外，意態恬恬，或逢嗤嘲，微笑以對，眾遂知節制。甫越年，媒婆來，劉氏婉謝諸農戶兒，允一富家子，鄉人大譁，謂其貪財者，劉氏棄辯。富家子本花叢中之浪蝶，婚後居然轉心，人駭怪，劉氏釋疑曰：久識矣，察其人，天性厚道，口拙，惜費，伴友飲，醒時無驕狀，醉時無惡形，試誘之，必靦腆告辭，因是知其遊戲耳，彼富何妨，彼貧亦當嫁之。又數年，三弟皆學成就業。次叔長叔先後亡，劉氏助孀營葬，竟禮而為，饋巨金諸堂兄弟。三弟陸續娶妻，則通常賀禮，出金飾遺諸弟，告曰：阿姊賣笑吞辱，寧污一人以存一家，矢志奉養老母成就爾等，幸不失老父臨終囑咐，金飾，原客人施捨，幾番變賣剩餘，轉送弟婦，望勿卻，爾等各自上進，阿姊從此放手矣。

青少年們聽完故事，相顧無言。中途插入旁聽的大人總結一句話：料想這女子百中唯一，噫，身命帶桃花，大部分落魄到老。

老酒女確實多數潦倒終生。所謂老，四十歲左右，天賦與，天收回，牡丹再美，終究凋萎，色衰則愛弛，半點不由人。鴨頭們認貨不認人，老酒女跪求留任也沒用。怎麼辦呢？下場分三等。其一，自擇老光棍將就嫁了，圖後半生倚靠，萬幸生兒女，全力栽培之，否則認命度日。其二，囊中乏物者，鉛華滌去，幫傭打雜，與人同居可，隨時分居可，萬般無可無不可；略有積蓄者，做小生理，養活自己即一家溫飽，注定有姻緣，多個伴，注定無姻緣，那就算。其三，自願或牽猴仔牽線，棲身娼寮，倚門呼客，客從四方來，永不長相憶，入門各自媚，誰肯相為言，待到枯了黃黃河畔草，曾經缺憾還諸天地，悄然魂飛孤單遠去，訃文省去，因為實在無甚堪記。

記事多的老人，興高便摸摸稀疏白髮，順手摸出值得一說的人物：哎哎哎，好命運的酒家女，有有有。然後簡明曉喻，概略意思是，男人流連酒家，比似船泊碼頭，過渡停腳小歇，火山孝子只是一時迷津，特例壓過常例，人們誇大傳聞，酒家女千帆過眼，怎會不詳歡場只如過渡處之原理，命運一孔一榫定死嗎？沒骨氣的見解，有心擺脫混水池，奮力一躍，龍門往往就在近邊，所以，悟性高的酒家女，下場不至於太落低，昂志逆流渡，天遣貴人助，例如某氏。

某地人某氏，初中畢業旋入酒家見習，吟曲娛賓。數遇電影導演暨演員於店中，某日乘機訴求導演，望提攜，任何角色不推，遭否決。某氏逃逸，追蹤拍攝現場，導演戲侮之，僵持，急迫間，一諧角現身緩頰，適捕者至，挾返，鴨頭罰某氏禁足。諧角乙丑，突面會鴨頭曰：相人必先相其氣，此女有才，酒池中淹沒可惜，意欲代贖可乎？鴨頭諾。乙丑對某氏曰：爾才不在戲劇中，習唱則佳。某氏乃拜師，賃屋居，苦練，並讀夜校，乙丑供應水薪束脩，彼此父女互稱，明示眾人不及於亂也。時，歌舞流行方興，乙丑奔走安排，偕某氏登場售藝，二十齡即聲名大升，邀約續連，旋踵脫貧矣。某氏奉還乙丑所費，乙丑笑納曰：憐才固真意，假爾之手以致己富亦當初存心，此互利之舉也，駑鈍半生，料無寬途，孤注一擲，冀攀高枝，功既成，家中老小今後無虞生活矣。某氏領會，依舊倩乙丑經紀歌台諸事，厚給酬。人曰：乙丑老貨無賴，削汝皮肉。某氏答：愛財，凡人凡理，譬如孤兒落河，水湧湍急，來救之人能有幾何？救又撫育之人，其恩若何？乙丑卒，某氏濟義母不斷，兩家交誼，情篤終不損焉。

損家壞業的酒家客，小兒青少年總會知道幾個，大人們寓教訓於閒談，情節都差不多，像是同樣糕餅模子製造的，線痕深淺稍異而已。好問青少年較感興趣的是鴨頭，彼等何以務該業？何以面對子女？何以害人利己？何以……？大人們呵呵呵：人性啊，有什麼好說？有什麼稀奇？

青少年再稍長就大概了解果然多慮了。鴨頭跟鄰居伯叔一般吃喝睡，一般話桑麻，一般付錢買物，一般哀樂喜怒，一般要求子女上學讀書；嘴甜好人緣的，與角頭流氓、正派鄉紳一般可以當民意代表，為民服務。青少年看著看著，懂了，啊啊啊，原來如此。

還有問題，牽猴仔呢？大人們哈哈哈：只要金錢尚在世間流通，彼等就不會失業。青少年再學到一項。中人，純粹仲介物資買賣者是一派，專門仲介人口買賣者是一派，前者不齒後者，後者常兼前者。鉤猴二字發音全同，因是，前者最厭惡俗成名號，後者無所謂，反正鈔票全同。

但是，根種不同，花果不同。牽猴仔必依鴨頭娼頭維生，時時來往，耳濡目染久，心算異常人，一旦窘急，傭金小錢難紓困，彼之女兒便要遭殃了。或問：自家女兒捨得賣？或答：問此話乃見樹不見林，那些經由中人賣入酒家娼寮的，哪一個不是人家女兒？好啦，別爭執，到鴨頭住處觀看簽約式吧。簽約式簡直似鐵印，時代已變遷，鐵印如新堅。……以後雙方攏總照約束行，莫使得中途反悔，若有違背文契，公理判斷，雙方清楚確定了？……這樣的話說完，回應肯定，中人簽下名字並按指印，一式兩紙，分付各執，接下來三人當面點數銀票，表示無誤，交易完成。煞戲。唉，那麼，就是焉爾了。

——刊載於二〇一五年一月五日《聯合報》

飄瞥田膨花

有一種雞，只在山野林間活動，稍大於鴿子，腳細長，見人立即高啼三兩聲，撲跳鑽入草叢竹叢內，隨即移位，等到周遭平靜始現身，現身之前低啼兩三聲，附近同類必應答。曉其習性者曰，那答意是：沒事了，可以出來了。起初高啼則是通告，告知危機。

其名，竹雞。又，以其體小且善跑且結群，人乃借名稱呼小流氓們，多一尾音，明示鄙薄之。

更輕薄的語詞，三塊六。典由何來，無考，從大清日本兩朝活到民國耆老說：可能是衫褲落的諧音，但不保證對。通常，那些既無膽叫囂亦無能快奔、遇事必躲在遠處、性好偷摸詐騙的混混，總會被如此詠之。彼等簡直連流氓二字也擔未起，非但士農工商斜著眼珠相看，就算大流氓極缺手下時都不肯考慮招收的。

大流氓，俗呼鱸鰻，取名初意類同竹雞，以物比人，以形肖人。鱸鰻大且長且滑溜。所以，竹雞的另號是細隻，鱸鰻的另號是大尾。

一般鄉鎮，或同姓聚居，或同業集合，或同心自衛，往往分成數區角頭，各角頭皆有枱面上的頭人。頭人有鄉紳、富賈、族長、議員等等，鄉鎮共同事，頭人共決策，幾百年的通約，誰當巡撫總督總統都一樣，習慣不會改。然，枱面下的頭人，亦古世已有，通則改不掉。認真說來，這兩種頭人，角色常常是可以互換的，富賈議員以前當過鱸鰻、鱸鰻爾後成為鄉紳族長，那是青筍剝到存白肉，無竹殼，嗯，無的確，不一定喔。

為什麼大流氓在枱面下？耆老言：所謂黑道，黑字當頭，想要上枱面漂白了再說，不過呢，世間人，若非為名即為利，世間事，霧霧看才不傷眼，恁少年郎將來出社會，便知黑道白道差不多。

做流氓會有名利？有。彼等歷經千辛，拳打腳踢，始得奄有一方，克長克君，王此小邦，轄下諸民當然理該克順克比，奉其德音，獻祿無喪。舉例。大流氓上任後，派出竹雞傳話，境內商家受朕保護，每週須繳稅若干；境內菜市受朕照顧，每天須捐輸若干；境內流動攤販受朕寬容，每月須呈上若干……，不奉公守法者，依規章行事，實有苦情者，稟報，查核屬真，准免。這叫做恩威並施，大流氓概皆識字有限，寫得出幾十個字的算是本行模範生了，但野台戲總看得懂，戲中有皇帝大官，學學樣，容易。

咦，難道人人盡順民？未必。勿小看小鄉鎮，奇人所在多有。耆老閒來興起講了一個故事。嘉義某鎮，某角頭霸王，因菜市某豬肉攤販長期拒絕進貢，乃親自問罪，攤販年近七十，平日沉默若啞狗，霸王憤而揮臂，忽焉仰跌三尺外，立定復抬足蹴老漢，老漢搖頭阻止曰：莫莫莫，霸王急攻，甫接觸，轉眼腰彎，頭浸豬油桶內矣。霸王旋招來數名手下，圍捕，約食一碗米篩目湯時間，勝負判，鱸鰻與竹雞敗逃。此後，霸王羞慚遜位，越半年，新主登基，諸豬肉攤全免稅，餘則輕賦，新主謙恭自抑，逐攤美言，令竹雞日日清潔市場整理雜物，明言服務討賞，昔時強取魚菜作風革除，彼此和樂且湛矣。

多半角頭大流氓總是威儀抑抑。巡視地盤是彼等唯一正務，例由竹雞護駕，沿途吃喝取物不用付賬，攤商還得帶笑迎送。地盤怎麼分配？與議員代表開會審查預算類似。假設，小鎮有兩個甲等角頭、三個乙等角頭、四個丙等角頭，甲乙五頭人聚議，丙等角頭的地盤偏荒，油水少，甲乙不在乎焉，條約決定後，嚴格遵守。不遵守，升烽火。

地盤戰，基本上動手動腳，輔以木棍手指虎之類，偶藏小刀，必要時使用。手指虎似戒指而粗，表面凸出鈍角，鐵製，四環一體，套四指上，亦有單環雙環者。輸贏分出，領域重畫。若動刀傷人甚至於致死，罪大，必送去管訓；竹雞怕流氓，流氓怕管訓。刑警押解重犯，猶存日本警察遺風，重犯五花大綁，上身密布痲繩，刑警緊握繩端，坐公路局汽車或火車，一起吃便當。大人們指指點點，比對兩朝代同異，結論每次雷同：日本警察的繩子較短、犯人出無車食無魚，而且，太平洋戰爭末期，警察犯人的便當都只有一粒醃梅充做佐菜。

角頭鱸鰻極少因地盤爭奪戰而被抓去吃牢飯，逞強殺人的十之八九是竹雞，打架受傷的十之八九是竹雞，頂罪入獄的十之八九是竹雞。做了竹雞，衣食仰賴頭人，賞金得自頭人，有事徒弟伏其牢，真正斯人也而有斯命也。那麼，何以要當竹雞？豈好為哉，不得已也。鱸鰻覓徒眾，到校園去，籠絡無意升學的學生，貧家子厭於割草放牛，眼見父母勞碌半生依然敬窮神而近之，卑微若野地壟邊的田膨花，與其步其後塵，不如放手一搏，再看看鱸鰻，意氣昂揚，意態飄瞥，好吧，跟定了。

一念之轉，人生殊途。竹雞欲翻身，難。首先，除非老大被關或退休或死了，別想繼承大業；其次，論資排輩，功勞不夠多，永久聽命於人；其三，擺脫控制，縱使如願，文不能提筆，武不能舉鋤，營商缺本錢，做工缺耐性，到底什麼都不是；其四，狠心自立門戶，若在本地，必結仇引發廝殺，若到外地，山頭已各有主，等似空手闖虎穴，智者不為。最快速的升格方法是服刑，刑滿出來即可自己組幫；通識，吃過幾年免錢飯，理所當然身分提高。然，身分提高了，新竹雞招足了，爭奪戰又開始了。

蹉跎復蹉跎，許多竹雞因此淪為三塊六之流，大城小鎮皆常見。彼等專務偷騙，偷錢偷物，騙財騙色。騙色，是，天生身材好面容好，對待女人特別有一套，從年輕騙到老，軟飯吃到飽，衣鮮履厚，快樂逍遙。賊偷分兩類，之一是剪綹，亦稱扒手。當剪綹須拜師，習者一年內不得分贓，老手供給生活費用，第一禁忌，私藏匿報。慣例集體行動，金有所獲，傳遞給銀，轉交至銅，換鐵接手，錫納衣袋。如斯，遭剪者即使發現亦無法指認。剪綹萬一遭逮，沒關係的，反正頂多關幾個月，三餐無虞，養生兼練藝，瘦巴巴進小室，胖呼呼出大門，且，經過獄中高人指教，五指更靈活，腦袋更靈光。

賭痞與賊偷剪綹同級，並列黑道最下層。尋常鄉鎮居民，捕獲賊偷剪綹，狠打一頓，放走，不報官，免得伊等進修深造。賭痞屬詐騙類，小至拔虎鬚猜抽線訛幾角幾圓，大至夥合以假牌藥骰設計誘賭，都有。一旦機關綻破，剛巧對方非善類，糟了，盡數吐出鈔票之外，拖到溝旁墳側溪岸，一頓狠打。賊偷賭痞被拖到溪岸，鄉鎮小孩總會見過的，景況大約如是：菅芒蒼蒼，白霧如霜，所謂小人，臥水一方。夠慘。學乖了嗎？不，痛過疤留痕耳，而，金盆實在太值錢，洗手握空太可憐。

耆老們壽長識長，卻只見聞一個金盆洗手的賭痞。此人後來頗有名望，姑以丁卯代稱。丁卯，鄉村人，赴台北求職，與一萬華角頭鱸鰻結拜，角頭精於賭技，盡授之，乃結伴開場做莊。一日，有菲律賓華僑來，豪賭，大虧，角頭與丁卯均分盈利，各百萬。丁卯斷然收手，購屋經營餐館，數年，加入青果業，又數年，成巨富矣，恨己少年失學，乃興辦學校。人問曰：當時釣技已巧，何故棄釣鉤？丁卯笑答：爾曾見溺賭者好下場乎？君不見艋舺角頭某某耶，彼固善釣勝萬千人，旋踵百萬賠光，今猶與商家攤販計較區區保護費，豈偶然哉。

無論何地，角頭鱸鰻多少沾上賭字，差別在於開場或做莊。開場，負責安全，抽局金，穩贏不輸，趁來的錢，如果守得住，奉老撫幼綽綽有餘，待到交棒，也不至於匱乏。鱸鰻交棒，寧與外人不與兒子，蓋為父者深知黑道行路難，別人的兒子做鱸鰻做竹雞做三塊六，都請隨意，自己的兒子最好都讀到大學，安定安逸安心安康。又，無論何故退位、無論接任者是否昔日手下，依江湖道義，優禮前輩是必要的，退者毋庸擔心失權失勢受氣。當然，造孽過多、結仇過深，那就難說了。

還是耆老說的故事。竹雞庚，自初中輟學即追隨鱸鰻辛，居辛家，受命服雜役，頗合辛意，厚愛之，甚期許。庚有一姊，已嫁，父早逝，母勉力撐持一家，為人滌衣維生，安分守寡。越三年，某日，庚返家探母，母顏色悽悽，叩之無所應，但淚下。庚求姊細詢，終於明白，辛常藉故調戲其母，母嚴拒，憂庚寄人籬下難堪，隱忍。時，庚尤交好竹雞戊己壬癸，商於諸友，戊癸反告知辛，遂互相疏遠，庚暫去，返自家，待業。忽己尋來，囁嚅久，始明言辛竟污壬姊。庚集諸友議，定計。旋往辛家，表示誤信他人挑撥，懇求復收留，辛允可。甫隔月，辛與另一角頭因舊恨鬥口互毆，憤憤然誓不甘休，庚獻策，辛悅，暗夜領眾突襲，途半，敵猝然率兵現，獨圍攻辛，庚戊己壬癸救之，亂中，癸拔藏刃自後猛刺辛腰，佯呼敵方動刀，敵方見血即散去，庚等叫罵追逐，無可奈何，扶辛就醫。辛雖保全一命，體衰殘矣，遜位，庚正式繼任。刺辛之事，不宣，敵方始終不曉實情，辛唯咒詬而已，彼亦茫然不解，病一年餘，崩。

或有聽者疑惑提問，耆老一概不答。

耆老們對世事的看法往往令小輩覺得奇怪。最奇怪的說詞是，做流氓的其實比做官的好很多，流氓強取小錢，做官強取大錢，流氓打殺肯定有限，做官可能害人無數，白布黑布都是布，顏色不同而已。小輩傻住了，沒有人能力足以反駁。耆老慣性以杖擊地加強語氣：唉唉唉，十二生肖輪流上台，爾等活到老便知人間一場野台戲。

鱸鰻老了是什麼樣子呢？最大變化是走路不再那麼搖擺、言行不再那麼滑溜、意態不再那麼飄瞥，其餘和一般商工農士一般般，關節痠痛、攝護腺肥大、筋骨凸出、腰彎肩縮，還有，有時呆坐沉默、有時話特別多。

幾乎人人見過老鱸鰻。小鄉鎮居民，就算彼此非親非故，總也熟識。老鱸鰻開講，多少與街坊鄰居老阿祖老阿公不同，哪一點最不同？話當年時的膨風。吹牛的情節未必增補，但唬得住高中生以下的小孩。尤其談及日本時代，總要敘述廖添丁楊萬寶的故事，廖添丁死後投胎為楊萬寶，對日本警察報前世仇……，然後，一句過場轉折語：人在江湖，身不由己，接著故事主角換成自己。老鱸鰻畢竟懂得牛皮吹破不好，所以主角神勇稍遜廖楊，可是也夠精采夠驚人夠菁英了。

光陰飄移，一瞥即逝，老鱸鰻夠老了。老人沒事做，喜愛出來呆坐曬冬陽，冬陽灰朦朧，風吹白髮搖，頭圓，遠看近看皆若飄落部分種籽的田膨花，似乎風再大些就會吹掉剩餘的。在微凜的空氣中、略暖的光線下，顯得幾分孤獨幾分瀟灑。瀟灑像田膨花，孤獨也像田膨花。這花，起風時，種籽迅飛，飄到東飄到南飄到西飄到北，落地後只要一點土就能生根，要是飄到田中，冒出頭，農人立即拔除：偷吃肥料的賤草，啊，昨天拔，今日生，車前子還輸給伊。多數農人從來不在意也不知道學生們口中的蒲公英是什麼東西，稻菜要緊，就是煩厭田膨花。

——刊載於二〇一五年四月二十七日《聯合報》

賭博志

大城小鄉都一樣，總有許多賣香腸的小販，遊街穿巷，隨意停駐叫賣。小販泰半中老年男人，泰半騎腳踏車，泰半面目黧黑。小販的工具配備，很可能與十九世紀諸同業所使用的沒多大差別，鐵皮盒、鐵絲網、木炭、鐵夾、扇子，外加蒜瓣、竹籤，基本上就這些。胡椒粉辣椒粉醬料毛刷等等，或有或無。香腸多自製，省費。

流動小攤各有小地盤，互不相踩，那是人情公約，跟賣玉蘭花的小販一樣，極多人來往的地區，也會稍稍隔開。如果顧客要賭香腸，丟骰子博輸贏，通常無人干涉，那是習俗公則，跟射鏢博芋冰一樣，算遊戲。便利商店裡有幾十種冰淇淋，賣芋冰的因此逐漸減少了，賣香腸的卻仍有辦法於夾縫裡求生存，原因，便利商店內若烤起香腸，煙霧瀰漫，只好用電力烤熱狗烘番薯，這就留給香腸小販一條生路了。

賭香腸，再怎麼樣都輸贏有限，顧客占點便宜或小販額外賺些，皆彼此不傷生計，類似公園裡老人賭象棋四色牌，好玩罷了。但可別小看了小攤，賣香腸，本輕利不薄，勤跑動勤招徠，周全一家生計沒問題的。北台新店有個香腸小販，二十年中，將四個兒女栽培到大學畢業，如今依然四處叫賣，因為要自存養老本錢。細水長流，細利長久，果然。

街頭小販汲汲細利，但未必生來窮，亦有本是膏粱子弟者。一賣麻糬男子，自言昔時境遇。男子老家位於新店溪邊，家田約七分，等兩千餘坪，其父陸續割讓他人建樓，兄弟二，均分財產。其弟善守業，彼則時時出入酒店，一友屢誘之賭，堅不從，一熟稔酒女慫恿再三，並允同居，激曰：抱錢而眠，村漢之行，大丈夫何鄙陋如斯耶？因是，人復邀乃欣然赴，賭麻將，猶頗知節制，逐漸添場添籌值，虧甚，欲退，酒女輒嘲弄之，難堪，順女意，再賭，弟與友責勸罔效，兩年而囊空，酒女同時失蹤；初，另友以酒女夥伴設計示警，不信，落貧後始悔，其妻訴離，僅存公寓歸妻，男子乃稅房獨居，租攤位於夜市賣麵食，旋敗，改於騎樓賣紅豆餅，又敗，自此起賣玉蘭花，旋轉賣麻糬。一老寫字人，居與男子近，幾回與之閒談，得悉始末，且知其名，但稍疑其言或有揑造誇大，詢諸在地熟識數耆老，果不誣。就中一耆老曰：此即報應也，彼父田地奪自守寡姻親，宜其子孫淪落也。老寫字人訝異，以為激憤苛刻語。耆老曰：君勿惑，彼名某某，彼父名某某，余名某某，實其叔也。

嗜賭多敗業，鮮少例外，卻不能否認，賭博或亦能興家，《聊齋誌異》中有個王成，就靠著一隻善鬥鵪鶉賭得巨大家業。當然，一般讀者大概都會認為，小說家言，姑妄聽之，現實人生似乎不太可能發生這般事吧。不過，萬確千真，可能，沒那麼駭人聽聞就是了。老寫字人，原籍台南，曾聞故里長者敘述此類奇事，筆記之，概略擇錄其一於茲。新營之南，下營之北，柳營之西，某鄉某村，某老漢，世代務農，勤儉超乎常人，謹慎異於一般，戰後十年左右，歲末，入市購物，與商家爭執價錢，商家暨店中顧客譏刺貧且吝嗇，老漢憤甚，口角久，店主乃邀約春節一博，比較何人慷慨多金，老漢諾，眾隨之諾。乃各攜巨款聚賭，一日夜，凡輸者必輪番尋本增注，老漢先輸後贏，囊括局中賭注，共二十萬元，足以稱富矣，於是老漢出資供其子至府城經營布莊兼鞋店，大得，家道驟起。老漢仍力耕，十餘年後卒。越數載，其子溺賭，店屋舊田售盡，餘祖居，變賣，復賭，翻本加利，贖回原所有，跪墳前告父，誓言戒賭云云。那麼，之後呢？是否戒賭是否家業仍興？老寫字人道，故里長者說此故聞時，年約八十，今又三紀過去，料登仙籍，已無可問訪矣。

地方小小傳奇，所在多有。觀光大飯店型賭場，台灣目前沒有，但，沒有公開的專門等級賭場，長久以來都有。無意於賭而想去職業型大規模賭場見識，須通過特殊門路。其一，與主持者或重要助手有些交情，事先打招呼約定時間，屆時直接進入；其二，化身為賭客的隨從親友，由賭客帶領並口頭保證後進入；其三，確實與賭客關係密切，知道確實地點，把關者層層驗明，得場內賭客同意方進入。但無論是哪一種門路，都不能拒絕檢查。

職業賭場談不上特別豪華，不用拿拉斯維加斯印象來比較。概皆廚廁浴間休息室俱全，更講究的，附設檳榔攤，檳榔西施一二。場內各級助手約十人，任務是應付所有雜事及任何突發狀況，兼責遞送茶水菸酒食物等等。助手的手機一律設定為振動，主持者例處別室，以手機指揮，別室備有監看器材、地板式或平牆式保險箱、各類賭具。賭具，以撲克牌麻將牌骰子為多，亦備他類牌。賭法，以推牌九、二十一點為多。賭注，常用隱語，一萬號作一箍、一兩，一千號作一角、一錢，百元鈔上不了枱面，號作一釐；注底，概由賭客共議決，或限或不限，原則上現金來往，若以名貴物換錢，當下估值，雙方同意。不限賭注的局，尋常上班族看了，真會自慚到很想重新投胎出生，牌桌上那些鈔票簡直跟影印紙一樣普通，牌掀開，勝負往往賽過數個月薪資；所以，觀賭時宜沉思老莊哲學，宜細憶〈枕中記〉情節，宜默唸摩訶般若波羅蜜多心經，最少最少，每開一次牌就頌一句阿彌陀佛或阿門或真主阿拉，這樣，始能在離場後堅定自信不卑不亢勇敢愉悅地活下去。賭品，很難三言兩語論定，贏錢的人，叫送檳榔一盒，丟一張千元鈔吩咐免找了，算是常態，輸錢的人，呼送一包香菸，粗氣高吼記在乃父帳上，亦算是常態，總說，輸錢贏錢的角色快速變動根本是常態，難論原因正在於此。至於作弊，不可以也不太可能，既稱職業，口碑要緊，黑道自有黑道理，白目徒惹白目對，牌骰全是原封，隨時更換，隨機取用，甚至一副撲克牌只玩一次即丟棄，且，眾行家眾目睽睽，犯規立即現形。又，賭技賭運其實關乎個性膽量經驗，在職業賭場贏錢不需行險舞弊。

是的，尤其是個性，不論賭錢賭志賭氣，個性往往決定了成敗禍福。老天真夠詼諧，造了人付予同款的式樣，具象的高矮胖瘦妍媸都是虛幻，不具象的個性內涵才是實質。俗云賭桌上察個性，此話頗可信，延伸之，探究人的個性，細心便得。然，個性天生定於一嗎？肯定，天生一人，必藏一組獨立密碼，不能遺傳繼承。一般說龍生龍鳳生鳳、虎父無犬子，指的絕非個性複製。龍生九子，子子不同。有些人，但凡遇挫折，就恨天怨地怪父母，還牽拖到東西南北中發白，這種個性，該歸於明朝李東陽排序的龍老二睚眥一型，只適合鬥殺，但是，沒關係，若配上善訟的老七狴犴，人生不至於太慘。交友很重要，睚眥交結睚眥，可能打一輩子都輸。不過，還好，壞竹可能出好筍，睚眥的兒女有可能會是老八負屭一型，負屭長於文才。老天公正，他極其嚴肅，有時殘酷，但他畢竟照顧了每個人，人都該謝他這網開一面容許各自喘息的仁慈。

宅心仁厚的人，最不宜賭。但是但是，公平公正講起來，人生還真是無處不賭，即使選擇事業婚姻也多少要博運氣，而且，大部分都像是在跟老天對賭，骰子不在人的手上。或者，深入再分析，人其實沒有資格資金跟老天對賭，反而更像是被擲來擲去的骰子。

以婚姻來說。例如，古代但憑媒妁之言，互相未知真實形貌本質，聲音都沒聽過，忽然便成夫妻，百分之百純粹的賭博，而且還是不能挑選賭具賭注賭法的賭；始作此設計者若非極頂天才即是添柴兒童，添柴兒童只負責添加柴薪，灶上鍋內煮什麼則完全不管的。演變到相親時代，總算可以自主決定要不要跟誰賭，這改進，與阿姆斯壯在月球上的一小步同等關鍵，是人類的一大步。而後的自由戀愛時代呢，賭不賭隨意，賭半局離席隨意，換桌輪流賭來賭去隨意，然，除非不賭，風險依然存在，因為人類自身無法控制、簡化複雜的人性。波蘭有個民間故事，男主角總共娶了四個妻子，其中三個都被他惡意折磨到死，後兩個更是明知山有虎偏向虎山行，硬是要嫁，怎麼樣都攔不住。很簡單的故事，以撒辛格改寫成小說，名為〈老婆殺手〉。作家為何選擇這題材呢？揣度，他也許有意點出人性中潛在的嗜賭情結，再也許，同時夾帶著類似婚姻宿命論的觀念。

以事業來說。例如，有志於文學寫作，最好先找個飯碗，肚子裡方能多一種本錢，寫作兩大持續動力來源，黑墨水加白米飯，缺一不行。另外，如果堅持文藝，得事事看開點。看開點，意思是，看到退稿電子郵件或知悉徵文比賽落選時，不妨開心笑笑，然後，再點選一個新的悟得文件檔，繼續寫。國內外大部分作家都有同樣經驗，一時之遇而已，沒關係的，懂事者不會嘲笑這個，不懂事者嘲笑則根本很那個，心知肚明就是，挪力氣去計較，太不划算。命是骨，自撐住，運是筋，自保固。俗諺云，戲棚下企久就是你的，其意已近乎真理。所以，要賭志氣，莫博閒氣，即使老是被老天當骰子擲，總也會跳出好點數的。杜思妥也夫斯基亦曾經是文青，雖一生賭錢總是輸，賭上一生寫作卻大贏了，真正是大器。附錄。白先勇曰：開心了就幸福。黃春明曰：不寫的話活著幹嘛。今之文青們不妨書之電腦兩邊，當做座右銘。

數文青，偶路過老寫字人居處，往訪，言寫作事。文青問：你曾提及，寫作要賭志氣，請問增進之道如何？老寫字人答：寫作急不來，氣要長，小小建議，首先，多讀文學書少玩臉書，其次，多看人看事看山川少看電視，之三，多深度思考少追著新潮跑。問：臉書電視，瞬間能夠得知世界大小事，有何不好？答：沒有說不好，少玩的意思是，每天最好不超過十六小時，還有，腦袋的容量到底有限，時時納入世界大小事，裝不下的，靈感因此會被擠出去飄散，可惜。問：評審編輯會偏心嗎？答：應該會，偏心喜歡好作品。問：報紙副刊比以前減少，新人投稿更難，怎麼辦？答：報紙設副刊版，是善意提倡文學，鼓勵創作，本就沒規定要設，網路媒體也是發表管道，優秀新人時時出現，不用自受局限。問：文學獎愈多愈好還是少一點好？答：有人願意出錢出力濟助認真的寫作者，真的不好說不好。文青最後一問：你寫作許多年，好像一直不賺錢，後悔嗎？以後還要寫嗎？老寫字人笑嘆而答：打個比方，怕輸就不要入賭局，是啊，退既無路只好向前，實在別無他技，諸般輸人太多，在字堆裡打滾較單純，當做小賭怡情，好玩罷了，其他人生大賭，無本事又無本錢，賭不起。倒是，奇怪呢，不曉得原因何在，年紀愈大，愈想經常到海邊閒坐看浪潮，愈想經常去溪畔放風箏，也愈想經常跟賣香腸的小販在路邊隨意賭個輸贏。

——刊載於二〇一六年三月七日《自由時報》

【跋】

活水的歲月，活火的人間

林秀賢

阿盛的散文創作理念，可歸結為五點：一、反映現實人生；二、作家負有記錄時代的責任與使命；三、廣博的閱讀有助於豐富散文創作內容；四、寫作者應持「謙虛」及「堅持」的寫作態度；五、作家必需具有自我期許及反省的功夫。阿盛秉持上述創作理念，其散文創作主題可綜合概括為幾個向度，包括：教育體制的批判及反思、故鄉書寫、底層生活者的困境及價值觀的扭變、現代化進程中的社會變遷、鄉野傳奇軼事以及其他。

阿盛散文書寫內容，在時間軸上，縱向連結其童年、求學、服兵役以及工作等各階段的生命歷程及經驗；書寫空間除橫跨台南新營及台北之外，澎湖及蘭嶼等離島亦是其關注之地。儘管如此，阿盛寫作的內容及題材，並未局限於個人有限經驗，甚至超越其成長年代及生命地圖。因此，阿盛寫作主題觸及親族故事、民間傳說、鄉野舊事、求學及當兵經歷、都市生活、個人感懷以及社會亂象之省思，等等。雖然阿盛寫作題材多樣多變，然而對「人性」的深刻觀照則是阿盛多年不變的信念。

影響阿盛散文創作觀的個人生命經歷及人格特質因素，包括農村及城鄉經驗、古典散文的啟發、個人創作自覺；而外部因素則為鄉土文學論戰思潮以及現代化進程中的社會變遷。戴勤助在其碩士論文中將阿盛散文創作觀形成因素歸納為：對美文的反動、鄉土論戰後的覺醒以及新時代創新風格的自覺三項因素。筆者認為，對美文的反動及新時代創新風格的自覺，基本上得自於阿盛個人創作觀以及鄉土文學論戰的結果。然而農村及城鄉經驗等個人生命經驗，以及現代化進程中的社會變遷的外部因素，對於阿盛散文創作觀及內涵具有關鍵性的作用，並直接影響阿盛寫作題材及關懷面向。亦即對現代化進程中台灣社會變遷的反思與批判，為阿盛散文寫作的中心思想。

由於阿盛出生於一九五〇年台南新營，其個人生命歷程恰與台灣戰後發展現代化時程重疊，因此在其散文作品中，屢屢可見傳統與現代二股力量在民間所產生的衝撞與糾結。尤其台灣發展現代化後，資本主義生產模式興起，不僅促進經濟成長並發展新科技，現代化亦使得傳統農村及原住民部落被邊緣化，傳統文化及價值觀亦在現代化浪潮之下湮沒。身處此種時空脈絡，看見阿盛以其幽默諷刺之筆，書寫一頁頁台灣社會庶民生活史。

首先，就「散文創作觀」而言，筆者發現阿盛的成長背景、求學經歷、城鄉經驗以及記者、教職等生命經驗，與其文學創作之間具有密切的相關性，對其散文創作具有深遠的影響。尤其阿盛童年聽村中老人說故事的經歷，對其創作具有啟發性的作用。因此，鄉野傳奇、傳聞軼事等即成為阿盛散文創作題材之一；另外，阿盛亦吸收傳統說故事的特點，在其散文創作常以「借用」藍本，並以較強的敘事手法及淺白詼諧的語彙呈現其書寫內容。此外，鄉土文學論戰以及中文系的訓練亦使其開始省思文學創作內涵、表現手法及作家的社會責任。故阿盛以其最熟悉的故鄉為母題進行寫作，以寫實主義及建立具有個人風格的寫作企圖，書寫及記錄現代化下急速變遷的傳統農村。阿盛進入報社工作之後，一方面由於記者工作經歷，另一方面緣於他對人的細膩觀察，對於社會底層生活者，阿盛皆透過散文書寫，以說故事方式生動描繪傳統價值觀的變異以及社會邊緣人的生存困境。總括而言，阿盛廣泛吸收民間文學與古典文學的優點，並以記錄及描繪社會現實為寫作責任從事散文創作。整體而言，阿盛散文書寫主題包含故鄉書寫、教育體制的反思與批判、現代化進程中的社會變遷以及歷史軼事等。

其次，阿盛以不當的語言教育政策、箝制學生自主意識以及升學主義之弊，彰顯其對教育體制的反思與批判。由於台灣曾受日本五十年殖民統治，因此國民政府統治台灣初期全面推行國語的主要目的，即為去日本化，建立「中國化」。由於語言教育政策改制穩定時期（1945—1969）及貫徹時期（1970—1986）恰為阿盛求學、服兵役及念大學時期，因此全面推行國語政策當然成為其個人生命經驗。阿盛認為，推行國語運動之下的禁止說方言條款，不但具有文化歧視意涵，更讓代表方言的文化產生斷裂危機。因此阿盛透過書寫校方以體罰、罰錢、掛牌子等強烈手段禁止學童在校說方言，批判語言教育政策失當，並強化其對母語（閩南語）及文化的認同。

阿盛對教育體制的批判，除上述語言教育政策的荒謬及不當之外，亦透過散文彰顯威權體制之下，國民政府透過學校教育建立「大中國」意識形態及文化認同，以致教育制度及內容僵化，知識變成資訊的填鴨式教學。筆者認為，阿盛主要關切的課題，在於學校嚴苛的外在服儀檢查制度消滅學生自主意識，並以統一的教材內容灌輸學生反共思想及文化認同，進而藉由統一的考試制度及內容檢驗學生意識形態是否正確，藉以凸顯台灣學校教育成為中央政府威權政治及文化霸權的政策工具。因此，阿盛散文所描繪的教育圖像，即由威權體制與文化霸權所共構而成，並指出台灣教育制度及內容僵化的根本原因，即為政治威權統治延續至教育體系的結果。

第三，筆者發現阿盛透過描繪現代化後農村及社會底層生活者的困境、環境與文化認同、個人與現代家庭危機，以及民主選舉政治的異變等，多方拼貼及建構台灣社會受到傳統與現代化互為交疊與衝撞之後的變貌。首先，藉由反思及書寫故鄉的變遷，阿盛找到個人生命意義與價值；而傳統與現代的反覆辯證及省思，則讓阿盛散文原鄉書寫呈現多重的價值體系。耙梳阿盛散文書寫，即可發現阿盛在故鄉書寫中，以純樸、節儉、敬天畏神及緊密的社群關係呈現美好的精神向度；然而，阿盛亦以貧窮、迷信、父權至上等凸顯傳統文化的陰暗面貌。而在描寫現代化對傳統農村的衝擊時，阿盛一方面以公共衛生、經濟富裕、都市化及機械化肯定現代化所帶來的進步；但另一方面阿盛亦以消費文化入侵、環境污染及傳統文化崩落等凸顯現代化帶來的負面影響。總括而言，阿盛筆下的傳統與現代化並非全然的進步或落後象徵，而是呈現互為糾結及滲透的複雜關係。

再者，歷經城鄉經驗的阿盛，敏銳觀察到農村、原住民部落以及社會底層生活者，在社會巨大變遷之下往往被擠入社會邊緣，因而陷入更大的生活困境。然而台灣在現代化資本主義巨大光環之下，他們卑微的身影往往被忽略。阿盛藉由描述工人、應召女郎、原住民等經濟弱勢者的生活，凸顯台灣社會現代化後經濟富裕下看不見的貧窮。此外，現代資本主義興起之後，傳統家庭倫理崩解，現代都市的家庭危機日漸增多，包括男性中年危機、失業、家庭失能、家暴、惡意遺棄等問題層出不窮，以致老人、青少年等經濟弱勢者在現代都市中陷於更不利的生存條件之中。

而台灣社會短視近利，不僅未能正視古蹟的歷史文化意涵，且一味抄襲西方文化，導致古蹟遭到破壞甚至移除。故阿盛藉由散文書寫批判台灣社會在現代化浪潮之下，不僅未能堅守具有地方特色的文化，亦失去自我文化認同的主體性。

阿盛對台灣實施現代化民主政治，卻在威權政治以及傳統官僚心態交互影響之下所產生的異變提出嚴正批判。筆者耙梳阿盛散文書寫，發現阿盛筆下的民主政治選舉場域，呈現極度悖離民主精神的荒謬樣態。故阿盛以「一齣大戲」及「歌舞團」為喻，彰顯台灣民主政治發展史上，執政者操控選舉及縱容買票、政客投機、民眾無知以及黑道介入的荒謬。

總結而言，阿盛散文書寫主要扣緊社會變遷及庶民生活百態為題，透過庶民觀點敏銳及細緻的觀察，以時而詼諧諷刺，時而沉重控訴的筆調呈現戰後台灣社會經歷現代化，以及傳統文化糾結之下所產生的貧富差距、教育政策、文化認同、環境保護、民主選舉政治等各項社會議題。而貫穿阿盛散文創作三十餘年的書寫意識，即為記錄並呈現台灣的社會變貌。因此，阿盛自第一本散文集《唱起唐山謠》至最近出版的《夜燕相思燈》為止，農村及庶民生活一直為阿盛散文創作的主題。阿盛對台灣社會細膩深刻的觀察及關懷，應為其散文創作不輟的主因。

（本文節錄自林秀賢《阿盛散文中的台灣變貌》，國立中興大學台灣文學研究所碩士論文，二〇一〇年）

【附錄】

胸中自有千里千山千水

文學相對論

胸中自有千里千山千水

——九歌《散文三十家》序

阿盛

一九七〇年代後期，台灣的現代文學開始進入蓬勃發展期。被稱為戰後新生代的寫作者，短短幾年之內，如潮水般湧現。新詩、小說、散文，各領域都有新人投入，一顯身手。較諸已往，散文尤其明顯有較大的發展空間，也相對的競逐較為激烈。

回顧一九五〇至七〇年代，戰前代的散文家，成績並不少於詩人、小說家，但受到的注目是不很相稱的。究其實，政治解嚴前，客觀環境的限制，使得最可能呈現人格特質、思考方向的散文，被某些意識形態拘束了。再者，社會尚未富裕，普遍為溫飽生計，沒有太多人在意文學藝術。三者，戰前代人數有限，戰後代正在就學或甫入職場。直到將近一九八〇年代時，情況丕變，上述三種困境逐漸解除；質量均優的散文新秀與資深作家，乘勢同步示現了驚人的寫作能量及創新的企圖，人們於是對這個文類刮目相看，重新予以定位評價。

三十餘年來，台灣現代散文歷久不衰，廣受讀者青睞，名家輩出，已足以證明此文類大可經營。而相應於社會大幅度開放，許許多多的寫作者大膽嘗試翻新技巧，兼容詩歌小說的質素，包羅多元的內涵，無拘無束，造成一派繁華景象，亦完全符合了「散」字本義的「自由」。

散文貴在自由——體例的自由、選材的自由、篇幅的自由、表達思想的自由。寫作者可以依憑自己的認知，決定採用喜歡的書寫方式，以抒情、以言志、以敘事、以說論。台灣現代散文真正繼承了古典散文的重要特質——無駢儷之規矩，可恣縱於形意。天地人間山水草木蟲魚……盡皆入得文章，了無牽絆。

散文稱得上是可塑性最大的文類。也因此，寫作者必須付出極大心力，方能免於慣性的自我因襲。這需要恆常的擴大識見，恆常的深入思考並沉澱，恆常的測驗文字展延度，恆常的閱讀以吸納他人智慧。散文作品很容易看出作者的根柢深淺，諸如見識廣狹、思考精略、智慧多少、技巧優劣、結構整弛……都難以迴避嚴謹的審視。楊牧說：「如何充實文章？實在有關個人的學問與見識，並非一蹴可幾的。」林文月說：「散文的經營，是須費神勞心的，作者萬不可忽視這一番努力的過程。」余光中說：「散文可以向詩學一點生動的意象、活潑的節奏，和虛實相濟的藝術。」張曉風說：散文的寫作「由於它包含著較多的思維，使用的語言不免有賴於傳統文學的簡潔、閎約及婉轉深厚」。他們所強調的，都是廣義的或長期的學習充實。所以，散文寫作者要成一家之言，得到充分肯定，除了既有的天賦之外，虛心問學、持續自我訓練，是絕對必要的。

過去數十年間，民間發起的各類型文學獎紛紛設立，一九七〇年代末，由聯合、中時兩報社啟其端；八〇、九〇年代起，許多中央部會、地方縣市、大學中學，亦陸續開始舉辦常態性徵文比賽，鼓勵志在從事寫作的人，提供施展身手的舞台，助長寫作閱讀風氣，影響相當廣大長遠，也確實培養出無數優秀人才。當前活躍於文壇的作家，幾乎都經由文學獎肯定而嶄露頭角。但是，獲獎未必意味即可一帆風順，還得持之以恆努力耕耘，自我激發寫作意願並展現成績。在散文大道上行走的人，何止萬千，欲得脫穎而出且長久屹立，實非易事。

如今九歌出版社出版《台灣文學三十年菁英選》，分類四卷。其中，散文卷——即《散文三十家》——成議選錄三十家的代表作品；與一九九八年九歌出版的《散文二十家》同規，亦以二戰結束後出生的散文家為選擇對象。二書間隔十年，新人不斷出現，而部分資深散文家已減少寫作量，勢必斟酌增刪入選名單。最終決定的三十家，比對《散文二十家》，二書重複選入的有十二家，餘十八家為新增。入選的三十位散文家，寫作時間最長的約四十年（如奚淞等），寫作時間最短的約十數年（如王盛弘等），寫作時間在二十或三十年上下的占絕對多數（如張曼娟等或廖玉蕙等）。

若以年齡而言，自奚淞、蔣勳（皆一九四七年生，六十二歲）至徐國能（一九七三年生，三十六歲），上下相距二十六年，剛好是兩個世代。分別歸納年齡層，五十歲層占相對多數（十五位），四十歲層次之（八位），六十歲層又次之（四位），三十歲層最少（三位）。

在這兩個世代眾多散文家之中挑選三十位，首要考量是作品品質風格，再則考量寫作是否持續，三則考量寫作時間不能過短。至於得獎與否、多寡，不應在考量範圍之內。

器識涵養充足、思考見解深刻、技巧章法整備，此為入選三十家的共同優點。而各家自成的人格特質、人生閱歷、生活態度、關心焦點、書寫方式……則各自形塑了獨特的文風。整體觀之，寫作面向包含廣闊，型類多樣，格調極為鮮明，堪稱精中選精。編者於各家小傳之後皆概論其特色，既廣採眾評亦表達主觀識知，唯不引用學術理論，要之，就文論文。略述如下：

奚淞——藝術修為落實文章中，胸懷寬宏，著眼於人世美善。

蔣勳——文字如畫如詩，華而且實，浪漫優雅，意境悠遠。

顏崑陽——筆路多變，思路通暢，哲思深廣，寫實寄意皆細入。

邱坤良——兼具感性理性，熱愛斯土，文如潺潺流水，了無滯礙。

王溢嘉——融合各種知識，化繁為簡，相互印證，富有淑世精神。

廖玉蕙——以誠立言，坦然自在，談笑間明心見性，詼諧中寓有正意。

阿盛——揉合古典與現代，描寫人性人情人生，器識寬廣，雅俗相容。

龍應台——思維謹嚴周密，見識獨到，解析精準，論述渲染力極強。

凌拂——書寫自然生物，反觀人生萬事，小中見大，蘊涵深義。

舒國治——白描功夫精湛，觀點多端，引人省思，文字張力甚足。

林文義——長期觀察社會，筆下感情濃厚，親切關懷，真摯動人。

林清玄——筆法老練，深入淺出，娓娓道說諸般因緣，潤人心靈。
周芬伶——雍容大雅，行文舒緩，抒情言事，充滿善意與熱心。
龔鵬程——涉獵廣泛，博學多聞，新奇之見迭出，新奇之解屢見。
劉克襄——專注自然生態，文字兼有詩味，領悟深刻，用心誠懇。
夏曼．藍波安——語法特殊鮮活，或諧謔或為喟嘆，出乎真性真情。
廖鴻基——描寫海洋與人性多樣面貌，刻劃傳神，且具有陽剛美。
韓良露——將龐雜經驗轉化運用，文氣靈動，擅長誇飾，趣味横生。
莊裕安——興趣廣，學養精，視界開放，題材隨意選取，敷衍巧妙。
王浩威——探究文化與心理，直指問題核心，見解精闢，建議中肯。
簡媜——思緒綿密，修辭極是精巧，經營意象別出心裁，內容飽滿。
張曼娟——洞察人情世態，貼近生活，文字有奇特美感，內涵厚重。
蔡珠兒——串聯比對古今，饒富逸趣，敘事入情入理，不落俗套。
張小虹——含笑看人世，亦莊亦諧，通曉常識知識，譬喻技巧圓熟。
呂政達——直面以對生命困境，無悲情，用意深，長於虛實相濟手法。

宇文正——觀照面寬，常發妙想，將我相投射為群體共相，筆淡情意長。

鍾怡雯——能巨視亦能細看人間，通明世情，不拘一格，理趣滋長。

王盛弘——擺脫約束，披露自我心靈，追索人事物本來內象，切中其實。

吳明益——用肉眼心眼詳看人文自然，細究前因後果，筆鋒銳利。

徐國能——以舊喻新，條理清晰，覺悟出人意料，從容述說，力道強勁。

從以上列舉的三十家年齡層分布情況來看，四十幾至五十幾歲的寫作者，無疑是當前散文主力軍；照常理推測，寫作潛力仍強，日後應有開創新境的可能；其中大部分，在一九七〇、八〇年代時都是新秀，現在已可算中等資深了。而六十歲年齡層的寫作者，還有不少人依然筆耕不輟，以跑馬拉松的精神從事寫作，毅力相當堅定，質量皆甚可觀，來日方長，亦大可期盼再見精采佳作。實則，當今台灣文壇上，二戰結束（一九四五年）之前出生的，健筆猶多，六十出頭歲者尚不能在文學界稱一老字。至於三十歲年齡層，甚至更年輕的散文寫作者，除了目前已廣獲肯定者之外，可以預料，未來必然會陸續展現成績，有些人將如諸多先出發者一般卓然成家。

人才代興，新舊交替，寫作者難免有起有伏，起固然有理，伏亦非無因。或許，部分寫作者暫時停筆，是因由立意沉潛，以待來日；誰也不能斷言，沉潛之後不會復出，重又登上寫作高峰。王鼎鈞說：「我很羨慕那些在寫作上一往直前、百無禁忌的人。寫作本來就是展開自己、完成自己，自己有什麼就讓人看什麼，社會只能在事後選擇，不宜在事先預訂。」此語值得所有文學人再三思量。他形容台灣的現代文學現象是「千山千水千才子」，可謂寫實。處身完全自由的環境中，此地的寫作者，可以絲毫不受任何外在制約，方寸間都各有千里萬里的揮灑天地。而較諸其他文類，三十餘年來，散文寫作者與寫作量都是最多的，說得上是「千才子」在列。此次選出三十家作品，羅致實未能全盡，但，據此三十家典型，可以延伸大觀戰後出生兩世代的散文寫作概況與成果，代表性當是足夠。

附記

在《散文二十家》序文中，主編陳義芝列出兩本「斷代選家」散文集入選名單，附錄於此，並補增幾本重要的選家散文集，以便提供更多人參考：

一、《中國當代十大散文家》／源成文化圖書供應社／管管、菩提選編／一九七七年出版。

選入／徐鍾佩、琦君、思果、張秀亞、子敏、蕭白、王鼎鈞、張拓蕪、顏元叔、張曉風。

二、《當代台灣十二大散文名家選集》／朱衣出版社／陳義芝編／一九九四年出版。（書名《簷夢春雨》，二〇〇二年改為九歌出版社《散文教室》）

選入／王鼎鈞、余光中、林文月、陳冠學、楊牧、張曉風、黃碧端、陳列、阿盛、劉克襄、莊裕安、簡媜。

三、《散文二十家》／九歌出版社／陳義芝主編／一九九八年出版。

選入／陳列、奚淞、蔣勳、顏崑陽、高大鵬、廖玉蕙、阿盛、古蒙仁、小野、曾麗華、林文義、林清玄、陳幸蕙、孫瑋芒、周芬伶、劉克襄、夏曼·藍波安、莊裕安、簡媜、王家祥。

四、《現代散文選續編》／洪範書店／楊牧、顏崑陽編／二〇〇二年出版。

選入／董橋、黃碧端、陳列、蔣勳、顏崑陽、高大鵬、廖玉蕙、阿盛、凌拂、龍應台、曾麗華、陳幸蕙、林文義、向陽、周芬伶、龔鵬程、劉克襄、廖鴻基、莊裕安、簡媜、林燿德、楊照、王家祥、陳大為、鍾怡雯、張惠菁。（二十六家）

五、《台灣現代散文精選》／五南圖書出版公司／阿盛主編／二〇〇四年出版。

選入／琦君、張秀亞、王鼎鈞、林文月、陳冠學、楊牧、張曉風、陳列、奚淞、蔣勳、顏崑陽、高大鵬、廖玉蕙、阿盛、陳幸蕙、周芬伶、孫瑋芒、劉克襄、夏曼．藍波安、莊裕安、簡媜、王家祥、鍾怡雯、王盛弘。（二十四家）

——刊載於二〇〇八年五月二十三日《聯合報》

文學相對論

——阿盛VS.賴鈺婷

之一　老來了

賴鈺婷：時光老去的軸線將人拋遠

阿盛老師，自從去年十月底，我的新書《老童年》發表會至今，我們已經大半年沒見面了。這期間有同學的新書發表及老師的慶生會，我卻因人在中部，有些私人因素而默默缺席了。

說來慚愧，卻是真的。或許從二〇〇九年夏天，我離開生活及工作了八年的台北，決定回到家鄉台中，重新開始的那一刻起，我們每週見面討論文學、常常通電話、密集往返電子郵件的時光，就不得不消失了。

那是岔開了生活場域後，突然有一種害怕冒失、突兀的心情。那種心情相當微妙，猶似一時間長大了，邁開步伐走向天涯，卻不知道該如何拉緊不想放手的過去。心裡有個抗拒長大的女孩，但時光老去的軸線，確實會將人越拋越遠。

昔日的我，從來是一有困惑、想法，不假思索便給老師打電話，而今卻顯得遲疑而拘謹。老師，在寫這封信的當下，我問我自己，想到時光，想到人與人的關係，因緣聚散，如何親密又何以疏離？

阿盛：其實，年輕時我的心就蒼老了

鈺婷，二〇〇六年，妳出版第一本散文集《彼岸花》之後，我就覺得妳該單飛了，妳是個慧黠的女孩，學什麼都能很快進入核心重點，尤其寫作，這我相當清楚。我珍惜與你們論文的時光，一如珍惜生命中的每一部分，但也知道人生一緣一會盡皆天定，聚散是世間常態，所以，我隨緣。這不表示你們離開後我就忘了，我常「恐嚇」你們，要把你們忘得一乾二淨，那多半是因為一直無法自台北脫身，覺得煩心，乃偏作無情語，與你們無關。

人與人之間的親密或疏離，與時光距離是不全然相干的，海在就會有浪，人的心是海，人的情是浪。妳大可不用拘謹，我老先生如今既溫和又寬容，甚至已經毫無火氣了，借用詩人瘂弦一句話：只剩下一大把慈祥了。妳或你們，有話想說就說，我很習慣傾聽的。

奇怪，我的心裡沒有一個抗拒長大的男孩。想想，其實，我心裡的男孩很早就被生活逼得提前長大了，年輕時我的心就蒼老了。

賴鈺婷：老字當前，只能默然噤聲

想及每次與老師見面，我和私淑班同學們總愛繞著老師，說，老師怎麼都沒變？有人竟都不會老？您總是笑得燦爛，說我們諂媚阿諛，愛尋您開心。

在將就居上課時，曾見過老師珍藏的希代絕版書（我忘了書名），書頁內除了現今書籍普遍有的作者照外，還特別以雪銅紙張印製多頁您專注工作或翩翩望向鏡頭的沙龍照。眾人看了嘖嘖驚歎，那在今日已然是男神出書附贈寫真的規格了。

會想到這些，是真心覺得，以歲數論體態形象，您不愧是眾人豔羨的凍齡指標（這點可開放全國高中生翻開課本公投），看來毫不顯老。您是否也有一時刻，像我一樣突然驚慌訝異於歲數明擺在那兒，無從辯駁、不能閃躲，老字當前，只能默然噤聲呢？

阿盛：被流年強盜氣白了頭髮

自一九九四年以來，本班「天才兒童」輩出，都擅長戲弄我這好脾氣的人。我聽到阿諛之詞，除了笑還能怎樣反應？我有一本筆記簿，專用來記錄你們的事，將來可能以這些資料分類寫列傳，其中一類是阿諛列傳。至於妳歸在何類，暫時不告訴妳。嗯。

妳提到的斷版書是自選集《散文阿盛》，書中的幾十張照片都是寫真寫實，當時年紀尚輕，看起來還有一點人樣，這倒是不假。自幼至今都沒胖過，那也不假。

但，流年不是暗中偷換，是公然打劫來了。人們生氣又無奈，所以，頭髮都被它氣白了。這幾年，我的白髮更多了，人人可眼見，應該不用公投來確認。

妳怎麼依然不改尋我開心的習慣？凍齡指標，天啊，謠言也要有個譜。高中國文課本裡的照片是多年前拍的，這幾年來我的老是加速度的，重力加速度的。我何止有一時刻默然噤聲？我從很久很久以前就經常對鏡無言了。不過，我可以舉出幾個真正不顯老的資深作家，亦毋需公投。例如宋澤萊、廖玉蕙、蕭蕭、劉克襄、陳義芝、焦桐、李瑞騰、楊錦郁、方梓、周芬伶……等等。久未見面的就不太確定了。

賴鈺婷：我「高齡」了嗎？我受到老的痛擊

誰無少年時？明天會更老。

我是幸福的，成天和校園裡十六、七歲的少男少女廝混，大姊姊般受到擁護讚美，總還停留在大學剛畢業，教書沒幾年的錯覺裡。

去年在《老童年》的新書發表會上，您致詞時公開問我，「不生小孩啊？」我頑皮笑答：「生不出來啊！」眾人覺得幽默，屋裡的人都笑了。

會後散步去用餐時，我跟石芳瑜說，先前懷孕，胎兒十週大了，好端端，卻突然說測不到心跳了。那時只是漠漠淡淡隨口說著，並沒有太多情緒。或許因為和芳瑜是日常生活沒有交集的人，心裡也沒負擔。

但老師，那是即使日常熟稔之人也無從察覺的，所謂的老，予我的痛擊。

我不曾跟任何人說起，也從不沉湎探問，連問醫生「為什麼心跳停止了？」「怎麼會這樣？」「究竟什麼環節疏忽了？」都沒有。

醫生將之歸為機率問題，他看了一眼病歷，說三十多歲，流產率本來就比正常值高。他平靜的語氣，似是安慰我，對已被醫學畫分為高齡一族的我來說，在這種情況下無端失去孩子，是年齡所致的正常現象，在現今晚婚的社會，相當普遍。

無從向誰抗議，我彷彿只能妥協接受，大數據或者臨床研究顯示的結果。我才知道，女人所謂的「老」真正發生時，是這麼可悲的事。明明不認同，卻一點抵抗的力量都沒有。

阿盛：妳還是暫時不要認老比較好

我見過妳的少年時，卻忘了妳也會老。這大概是老人的認知習慣吧。我喜歡勸人結婚生小孩，屢遭白眼猶不改過，事實是，我明知故問，藉以觀察判斷被勸者的個性，個性與命運是可以畫等號的。妳不錯，個性不錯，明明逢上變故，還輕鬆以對。這不容易。

當然能夠理解妳的心情，那可能無法以言語形容。想來，許多女人曾經為此獨坐掉淚。我母親也哭過，為那胎死腹中的女兒。直到她晚年，仍在計算，要是嬰兒活下來，如今是幾歲了。可是，她也自解，要是生下來不健康呢？要是養得活也會跟著吃很多苦吧？要是……

生命會自己選擇要不要，要不要來、要不要去、要不要另找出口、要不要繼續存在。我是這麼想的。不曉得對不對。

老，真正發生時，我傾向俯首接受。肉體的老，不可逆，那就轉個彎。我健行看海放風箏，用意就是要轉彎。健行，練身體練腳力，看海放風箏，習靜心習寡欲。妳還不到四十歲，懷孕一次未成，不表示以後皆然。會不會是我太天真樂觀甚至不懂事呢？我該認老，妳還是暫時不要認老比較好。妳覺得我這樣說好不好？

之二　病如何

賴鈺婷：把靈魂、自我交付文字，值不值得？

阿盛老師，和您談完「老」之後，我竟陷入不敢肯定自己究竟說了什麼的狀態。心裡擺盪著一點遲疑、一絲後悔，不停自我詰問：在書寫中揭露自我，暴露隱私是必要的嗎？那些識與不識，理解或不理解的人，將如何解讀我釋出的訊息，而我是否已準備好接受評價與目光？

老師，這些年來，我漸漸理解，這是散文寫作裡最艱難的一環。最難跨越的關卡，是自己退縮膽怯，無法確定的心。

從前，您常對我說，「放心下筆大是好。」若顧忌太多，支吾吞吐，遮掩藏匿，是寫不來，也寫不好的。像看透了我的性格，知道我心思隱斂、不喜張揚，慣於內掘自苦，時常思慮過度。但直視生命、生活，坦然回顧命運悲欣，確實並不容易。老師，您是否也曾和我一樣，害怕想像坦露之後的各種可能，質問自己，把靈魂、自我交付文字，值不值得？

阿盛：妳伸出手了，妳又交到了一些朋友

鈺婷，寫作，就是該把心交給讀者。唯真誠足以動人。妳沒有暴露什麼隱私，妳說的是人之常情常理常事，人都怕老怕病怕死，對此，人都有同理心。所以，我認為妳談的恐懼變老以及受到老的襲擊，是誠實地與自己握手對視，也與他人握手對視。我亦讀者，我的評價是，妳伸出手了，妳又交到了一些朋友。

坦然回顧命運悲欣，很容易。老老實實，我沒有害怕想像坦露之後的各種可能，理由很單純，我信任讀者，我知道他們一定知道我是凡人，我也知道他們一定知道我不完美，而我以心靈託付的文字，正是彼此生命生活的交流管道，我打通管道，當然值得，妳打通管道，當然值得，別人打通管道，當然同等值得。

人人都曾經受傷，身體的或心靈的。以傷口示人，也許至少能提醒他人，看看，哎，可別像我一樣受傷。當這善意浮現時，任何關卡都會自動開啟，不需抬腳就可跨越。

賴鈺婷：我的心裡總莫名籠罩著病痛的陰影

您最清楚，我和同齡之人相比，在涉世未深二十來歲時，心口便承擔著一連串父母病苦亡逝的缺憾。對我而言，最初有意識的書寫，是從傷病掠奪後的體會開始。內在的鑿痕深切冷峻。很長一段時間，我的心裡總莫名籠罩著病痛的陰影。老師，聽說現代文明病之一，名曰恐病症。乃在於耳聞目睹太多罹病、亡逝的衝擊，擴大投射到自己身上，轉而質疑、憂慮自己的健康。

我不知道，這樣的心理狀態，是否符合恐病的標準，但我卻清楚記得，母親過世後，我和姊姊籌備喪葬各項瑣事，復又回到一個人日常的生活軌道，母親癌末時昏沉的病容，和最終入殮時雙頰凹陷的枯瘦面龐，那模樣不時縈繞在我腦海。

當時我做了一項衝動的決定：請保險業務員詳列各式疾病險種，一口氣投保了包括殘障、重大疾病、失能、癌症、住院、療養、豁免等，我才二十幾歲啊，心裡想的卻是母親五十歲罹患癌症，五十八歲離開人世，奔忙育養四名女兒的病苦一生。

每年繳交保費時，總憶想起那時刻的心情。歡愛無多，人生有限。想及未老而先後病逝的雙親，我才知道，老之將至不可怕，可怕的是，老或未老而窮衰病亟。

阿盛：我聽得到妳筆下的嘆息驚呼

妳這方面的經歷確實較特殊，比多數人提早了一點。會因此產生懷疑憂慮，很正常。我不曉得那是不是叫恐病症，但知人都恐病，而且應該不是現代文明病。亞當第一次看見夏娃咳嗽喘氣時，料是也會擔心自己。

我不比妳豁達，每每想及昔日眼見親人生病而束手無策的情況，猶慌惶如當時。我曾送走許多長輩平輩晚輩，他們的病容至今無法忘記，自己也會心驚。但我真的不知道疾病險種有那麼多，就算知道，也沒有錢去投保。這是閒聊，無禁忌。我懂得妳的心理由來，也懂得其中的諸多無奈，祝福妳不會用到那些保險，金錢事小，健康最好。

妳書寫的關於雙親病苦的文章，我都讀過，也聽得到妳筆下的嘆息驚呼。確實，老之將至可以裝做不知，病苦就沒辦法刻意閃躲了，尤其是窮衰病亟，病而窮簡直衰亟了。我見過許多貧家，因家人病重而父母兄弟姊妹反目、親戚互相詬辱，幾乎完全不顧念親情與尊嚴，旁人亦覺不堪。所以，妳說得對。另，以後如果有什麼賺錢的好事，請記得告知，幫我脫貧。

賴鈺婷：如何跨越、跳脫疾病相隨的暗影？

我想，是因為害怕病窮，或窮病的心理，當時年輕的我，才會近乎偏執地投保許多疾病險種吧！

有時我會神經質地數算現今歲數，換算比擬，設想這是處於父母生命中的哪個時期。常常想到母親生命終途，仰賴著每日動輒上萬元的生技高貴藥、營養劑，她最常擔憂病體若這麼拖耗下去，萬一還沒死，錢卻花光了，那該怎麼辦？

老師，或許您會笑我，但卻是真的，在書寫當下，我才意識到自己對於遺傳、體質、疾病的憂慮，遠超乎原先想像。我只好不斷自我提醒：養好身體，過好日子，希望能健康到老。老師，我想知道，在您豐富的人生閱歷中，是否也曾歷經疾病衝擊？如何跨越、跳脫疾病相隨的暗影？

阿盛：最怕的不是身體疾病，是人心的疾病

是啊，可能我們害怕病窮的程度不相上下，錢花光了卻還沒死，大概可以算是三大醫療悲哀事之一。另外兩大悲哀事，其一，有藥可救卻沒錢可花；其二，有錢可花但沒藥可醫。

沒有笑妳的理由。如果能健康到老，再好沒有了。我慶幸得到父母的好遺傳，每天醒來都謝天謝地謝父母。我也病過幾次。四十歲那年，寫完長篇小說《秀才樓五更鼓》之後躺平三天，夢中（不確定是否真在夢中）到過很多奇怪的地方，包括海底，居然沒有人將我送醫，直到我母親率家人北來，我醒了，當下立即意識完全清楚。事後，我沒有指責任何人，但心理受到極大衝擊，所幸，我一直自認天生天養天照顧，活下來就是天意，其他人事擺一邊吧。

前年，車禍受傷，覺得左腳不太對勁，連跑三家骨科診所，我都有將車禍事詳細告訴醫師，醫師看也不看，都直接診斷為退化性關節炎，治療半年多，無效，我心裡不信，請教作家林育靖，到她堂兄的骨科診所仔細檢查，原來是膝關節挫傷了，轉北醫治療，由李建和醫師開刀縫合半月板，痊癒。此事，我也沒有指名道姓責怪誤診的醫師，但心理又受到衝擊。

我最怕的不是身體疾病，是人心的疾病。還好，我依然對人的性善保持信心，即使曾經有心理暗影，放幾次風箏看幾次海，也就消失了。我在小鎮鄉下成長，很明白什麼叫做天寬地闊，我相信，常保些些樂觀，自有青青生意。彼此朋友，建議參考之。

之三　死若歌

賴鈺婷：看著那學生的遺照，聯想經歷過的喪禮

阿盛老師，和您談恐病心態時，我說，這才意識到內心深處的懼怕，遠超乎原先想像。就在不久之前，突然聽聞我一名學生病逝的消息。他在國中畢業前夕發現罹癌，隔年，他來到我的新生班級，是個稀疏短髮戴著棒球帽，眼神小心覷覷的男孩。他母親憂心叮囑我：他的胸頸間尚有注射化療藥物所需的人工血管，右胸側仍有為了清創的開放傷口，上學前，會先自行換藥，要請同學多體諒包容。

我和他的姊姊聯繫，想去上香。擔任他高中導師期間，總不時擔心他的身體。平平順順將他送上大學，大四快畢業了，幾個月前還見他回母校，精神奕奕說著準備考公職特考的雄心壯志。

在殯儀館公共的小靈堂裡，牆上一列照片，案前一排香爐，有專人收放靈前三餐便當。人群中，他的母親瞧見我，他的姊姊為我點香。香點著了，他母親卻連聲抱歉說，老師是長輩不必拿香，致意就好。

老師，在一切從簡的小靈堂中，看著那學生的遺照，我不禁聯想自己經歷過的喪俗禮制，那些我可能未必知其所以然，卻因懷抱著對亡者虔敬的祝福，謹慎遵守的儀節規範。卻也不免想著，人死了終究只剩這些儀文，卻也似僅能依憑這些，以為寄託的信念了。

阿盛：想來人生只如一首歌，唱完了原該轉身就走

鈺婷，生命長短，委實操之於天，此事不由人。關於死亡，可拿來賣的書包很多，但還是隨意聊聊就好。

我見過許多人死亡，但不去思考死亡，因為實在「無知」。也幾乎完全不明白何以人有壽夭，也許，人在註生娘娘辦公處領取許可證之際，應該也被分配了「口糧」，口糧吃完便得回去。或者這麼說，想來，人生只如一首歌，節奏快慢、曲調長短不一，但是，唱完了原該轉身就走。

可能，造物者有一台超級電腦，他隨時都在增加或減去檔案，他按下滑鼠左鍵，滑動，整批剪下刪除或複製貼上，所以，每秒鐘都有人出生死亡。往往，我們會覺得他不公，例如有些巨惡大奸，唱得荒腔走板，卻一直不下台走人，為什麼？我想，那是電腦當機，停了幾秒，天上一秒，人間一年。誤刪有用檔案也是可能的，他很忙，忙中有錯。所以，人最好敬他而不求他，求他添福添壽等於寄垃圾郵件給他，他會直接刪掉。

賴鈺婷：生者的悼祭，將連結逝者死後的哀榮嗎？

老師，您相信死後世界嗎？您相信生者的悼祭作為，將連結逝者死後的哀榮嗎？對於死亡，這始終是我內心深沉的疑惑。

我在鄉間成長，自幼便跟著長輩鄰里循著傳統而考究的方式敬神祭祖。在這樣的濡染教養下，心中根深柢固的思想，自然堅信著祭拜祝禱之必要。

但老師，後來我父親去世，母親在病院中仍不忘叮囑我和姊姊，返回大門深鎖的家中，如此這般張羅一桌拜祖先的飯菜，那或是端午、中秋，她尚一一叮囑要鹹粽幾串、鹼粽幾顆，要拜應景的月餅、柚子。她急著傳授給我們，那些她親自操持備辦無數次的祭祀內容，憂心忡忡我們張羅不來，不夠周到。

當時我和姊姊假日從北部回台中，要煮飯菜拜拜並往返醫院，有限時間裡，屢屢煩惱無從處置祭拜後的熟食。後來母親妥協了，我們到自助餐買熱飯菜，並輔以不需特別烹煮，拜完可冷凍處理的現成食材。細細想來，我和姊姊盡力配合母親的想像期待，是為了讓她在病院裡安心。而或者，生了四個女兒的母親心裡也清楚，這個家或遲或早，終需面對奉祀祖先的問題。

阿盛：我從不認為祭祀純屬迷信，當行則行，毫無疑惑

任何形式的祭祀，應是都源於「神道設教」的初始設計。這無可爭論對錯。此類習俗會存在幾千幾萬年，肯定有點道理。我不知道死後世界如何或是否存在，也不知道悼祭作為能否連結逝者的哀榮，但知道，生者若不祭拜祝禱，於心難安。而，人生諸般事，無非求心安，只要生者得以心安，亡者想當然也心安，一祭致兩安，餘事不相干。

所以，我從不認為祭祀純屬迷信，當行則行，毫無疑惑。就算是迷信，信一些又何妨，人總要信一些什麼才活得下去的。我也認為開天闢地以來未曾有一人不迷信。今之人，有的仍拿香膜拜神天祖先，有的只拿手機膜拜網路鬼神，究實，前者還真的比較不迷，至少他們完全清楚自己在做什麼——為何要拜、為誰而拜。

令堂生前急於傳授，不能視之為僅是執著傳統觀念，她一定深知讓自己心安也讓妳們心安的重要性，她一定也深知這是維繫妳們姊妹情感的最好方式，藉由共同的追思，妳們有了一致的念想，手足之情更加緊密。

賴鈺婷：思念與祭拜，應該是不拘形式的，對嗎？

母親去世後，房子空了，曾有一段時間，祖先牌位和母親的靈位就安放在屋裡。早晚期間拉開鐵門返家上香，或初一十五母親需拜飯菜，全都仰由住在中部的大姊二姊接力執行。母親對年後，合爐入龕，我們在師父的建議下，將祖先牌位挪置於雙親安厝骨灰的塔寺內，以之為我們家四姊妹日後的根。

老師，想及這些，是因為我的心中時常有惑。在傳統的宗族觀念裡，做為一名女兒，乃至於一名嫁出的女兒，無從改變父母亡逝後，無子嗣香火繼承的事實。

我們確實做不到朝夕上香，每逢節日供品飯菜祭祖，是以我的內心常常憂慮，若有死後世界，若生者的悼祭，將連結逝者死後的哀榮，那麼雙親會不會處於清冷委屈的境況呢？老師，我不敢多想。總是默默祝禱著，相信祂們冥冥中會理解洞悉這一切。思念與祭拜，不在儀節規範，應該是不拘形式的，對嗎？

阿盛：有人衷心感念記情，那才真正叫做香火傳遞

也許可以這麼說，思念與祭拜應該是不拘形式的，包括實行儀節規範在內。形式省去固然無損誠心，行之亦自有些意義。這才是真正的不拘。朝夕上香，可；默默祝禱，可；有供品，可；無儀式，可。憂慮則不可。設若有死後世界，親人當不樂見在世子孫憂慮。擇豐擇儉不計較，唯誠唯善大是好。事生事死，一樣的。

香火繼承，我認為無所謂，男丁祭之、女兒祭之、寺廟祭之……皆宜。縱使無人祭之，還有中元普渡。這不是故作達觀語，實際上是因由於對狹隘傳統宗法觀念的反感，那些觀念裡包含太多封建權威的思維。小小舉例。一般家庭，若兒子不成材而女兒較傑出，則曰：豬不肥，肥到狗。我見過的敗家者，十有八九都是繼承香火財產的男丁，往往還敗到祖先牌位蒙上一層厚塵。香火云何乎哉，有人衷心感念記情、謝其生前奉獻之恩，那才真正要緊，那才真正叫做香火傳遞。

你們四姊妹，大可不管什麼香火繼承的問題，心中有根，自然發枝萌葉，父母撫育情，此生永記之，足矣。

之四　生難測

賴鈺婷：活著看似容易，卻也屢屢帶著生存的艱難

老師，這些日子寫信跟您談老、病、死，有些話原先在心裡放得很深，在匆忙日常表面中，對於內心害怕或直覺想逃避的事，總習慣閉起眼，佯裝鎮定故做無事。或許是一直沒有適當機會，沒有足以放心對話的一方，或是我太早離家獨立，而有適應孤獨生活必須的武裝。這時，也唯有書寫，能悠游真切表述自我，把意念包裹在文字中，獲得釋放與勇氣。

省思回顧和您對談的狀態，比書寫更自在坦然，防備顧忌、憂慮困惑，盡可以直說無妨。總是在意他人目光，過度思慮的心，似乎也鬆開了一些。

見過親人苦苦求生的景況，知道病厄摧枯拉朽，態勢凌厲；人死後歸於空無，生死茫茫兩端。前塵往矣，後世的祝禱儀節，亦無從召喚逝去的時光；生而為人，勢必走向不可逆的衰老之途。在死前，老與病，甘不甘心都得俯首，而活著看似容易，卻也屢屢帶著生存的艱難。

阿盛：曹雪芹如果一直平順到老，妳想會是如何？

鈺婷，妳頗富鴕鳥精神，很好。世上有些事情確實不去看比較好，我也常常閉起眼睛，佯裝無事。很奇怪喔，往往還真的避開後就無事了。例如，感冒，我怕吃藥，於是想，吃藥，得七天才會好，不吃藥，只需一星期就會好，那麼，當做沒事吧，果然，時間一到便好起來了。

不過，有一點我跟妳不太一樣，我不在意他人的目光。別人怎麼看我，實在無所謂，重要的是我怎麼看他，我看清了他，就是最好的防衛準備。所以，有些對我機關算盡的人都被我氣壞了，因為我坦然自在到使他們無可著力。但，只是個性不同而已，妳沒有錯，我未必對。

死，很容易，死了一切由活人處理，自身不聞不問；生，大問題，一切都得用心處理，親力親為。為人難，就難在於甘心不甘心都得活下去、有錢沒錢都得活下去、是好是歹都得活下去，拖磨轉圈地活下去，直到斷氣才能卸下肩頸上的軛。

妳如今總算也知道生存艱難了，這是好事，對寫作大有助益，因為人在面對艱難時通常會自覺不自覺地釋放正能量以對抗之，那能量，一般稱之為勇氣。書寫就需要這股勇氣。曹雪芹如果一直平順到老，妳想會是如何？

賴鈺婷：至少，在大限來到之前好生好活一場吧

我認識一個慣性自殘的女孩，也聽過一些名人自我了結生命的傳聞。是日子再了無生趣，或他們遭逢的苦衷過於巨大，當他們斷然放棄自己，選擇未知與死亡，老師，我總是想那是如何衝動的瞬間意念所致，又何以能有決絕斷劃命數的意志？當眾人唏嘘感嘆，傻啊何苦呢可惜哪，其實心裡也清楚，現實的磨難已讓他們喪失求生的勇氣，偏執堅信，唯有尋死足以擺落跳脫。

也許是還沒遭遇過那種關卡，話不能說得太早，但老師，我想我這樣性格的人，大概不會走上自盡一途。我不敢評價他人的選擇，可是我確實知道人生有許多未竟之事、未覽之景，扣除老病時日，餘生有限。相信命運窮通壽夭既非人可掌握，至少順應大限之期，在那之前好生好活一場吧！

阿盛：好好努力好好玩樂，好好讀書好好玩臉書

妳不會走那條路的，妳連得罪人都不敢，怎麼敢得罪自己？行事完全不顧常情常理的人，多半有個共同特質，那就是，誰都敢得罪，包括自己與天地父母。不曉得這樣說是否正確？我當然不可能也不可以評說那些選擇自我了斷生命的人。人心，無法以數學公式來計算，無法以科學技術來解析，有些人重情重義，越於一般，有些人絕情絕義，超乎想像。我真是見多乃不敢言。

生命可貴，貴在出生是天命。天命不可違。有輕生念頭的人，最好常這樣想——老天派那麼多人賣牛排滷肉飯蛋糕冰淇淋給自己吃，派那麼多人裁漂亮衣服給自己穿，派那麼多人演好戲給自己看，派那麼多人做那麼多事給自己方便……如果放棄豈不可惜？

好生好活一場，說得真是好，妳寬心多了，妳以前把自己捆得像粽子，現在鬆綁了。窮通壽夭，其實差別有限。一千萬元與零元，相差只是一紙條，以千元鈔連接，十六公分寬、七百公尺長，類推；一百歲與五十歲，相差只有六百個月。所以，我們互勉之，把握一口氣，好好生活好好寫作，好好努力好好玩樂，好好讀書好好玩臉書，但是玩臉書最好每天不要超過十六小時。

賴鈺婷：行走江湖，您是否能傳授幾招安身立命之道？

上回您說，生命會自己選擇要不要，要不要來、要不要去、要不要另找出口、要不要繼續存在。

我想，您說的對，於生於死，人類或者醫療，能插手的畢竟太少。也覺得，不能消極聽天由命，或有什麼可勉力盡心的人事，當努力需努力。不只是我，任何因為懷胎受苦的女性，應該都能體會，呼吸吐納間，明確負擔著另個生命，戒慎忐忑的心情。由胚胎長成足月娃兒，直至順利降生，又需經多少不明險阻和考驗？任一嬰孩誕生，聽來尋常，實不如想像中輕易。

不敢輕鄙生命，對生活懷抱敬意，或也需歷經一番波折事故。

老師，在寫這封信的當下，我的腦中浮現許多關於生命，存在，已知或未知的想像。想及那個慣性自殘的女孩，她傷心哭著說，也許下次我真的死了；想及母親癌末，在意識清明時，曾說她還想活，不想死。自願或非自願的消逝，究竟是怎麼一回事？至今我仍想不通，想不透。

生存不易，世道艱難，自古以來總是如此。老師，行走現世冷暖江湖，您是否能傳授幾招安身立命之道？

阿盛：身是鳳凰樹，心如流理台，本來就有物，難免惹塵埃

生，包括出生、生活、生涯，人人一樣，有生命就會生出苦樂，苦樂知多少，如海難量測。只能這樣說了。妳想不通的想不透的，我也想不通透，我只比妳多過了二十八次端午節，能理解多少生命的奧祕？我真正知道的是，天啊天啊，呼吸順暢真好，吃得下飯真好，耳聰目明真好，總之謝謝老天對我真好。

生從何來死何去，我都不清楚，所以沒有可教給妳的安身立命之道。死是有完有了地去，去了也就沒事了，生是沒完沒了地來，我自己都應付得很辛苦。再且，江湖天天有人來過又去、去過又來，我認識的不多，只靠一招行走，冷暖也只有自己知道，卻說不出來。妳好好生兒育女吧，等妳到了我如今這年紀，自然會明白原來「存在」的真實意義就是存活自在、自在存活，而且，沒有另外。

我的人生哲學很簡單。身是鳳凰樹，心如流理台，本來就有物，難免惹塵埃。我是凡夫，要求自己要求別人都用普通標準。面對生命生活，我一向態度莊重但不思慮沉重，我不去想東想西，只求身體健康心情舒泰。所以，我天天都會跟生命打招呼：嗨，歡迎歡迎，你又來了，真佳哉。

——刊載於二〇一六年六月六日、十三日、二十日、二十七日《聯合報》

九 歌 文 庫 1 2 9 0

海角相思雨

國家圖書館出版品預行編目 (CIP) 資料

海角相思雨／阿盛作 . -- 初版 . -- 台北市 : 九歌 , 2018.08
面； 公分 . -- (九歌文庫 ; 1290)
ISBN 978-986-450-204-2 (平裝)
855 107011175

作　　者——阿盛
責任編輯——陳淑姬
創 辦 人——蔡文甫
發 行 人——蔡澤玉
出　　版——九歌出版社有限公司
台北市 105 八德路 3 段 12 巷 57 弄 40 號
電話／02-25776564・傳真／02-25789205
郵政劃撥／0112295-1

九歌文學網 www.chiuko.com.tw

印　　刷——晨捷印製股份有限公司
法律顧問——龍躍天律師 ・ 蕭雄淋律師 ・ 董安丹律師
初　　版——2018 年 8 月
初版 2 印——2019 年 3 月
定　　價——260 元
書　　號——F1290
I S B N——978-986-450-204-2